Primera edición
Mayo de 2023

Publicado en Barcelona por Editorial Navona SLU
Navona Editorial es una marca registrada de Suma Llibres SL
Aribau 153, 08036 Barcelona
navonaed.com

Dirección editorial Ernest Folch
Edición Estefanía Martín
Diseño gráfico Alex Velasco y Gerard Joan
Maquetación y corrección Moelmo
Papel tripa Oria Ivory
Tipografías Heldane y Studio Feixen Sans
Imagen de la cubierta Cigarra Entinta
Distribución en España UDL Libros

ISBN 978-84-19552-02-0
Depósito legal B 6413-2023
Impresión Romanyà Valls
Impreso en España

Yo reinaré...

Divino Niño del Veinte de Julio, Bogotá.

Para Míster Pepo, el cuentero que me enseñó el valor de las historias y al que desapareció la Policía la tarde de 1984 en que allanó la Universidad Nacional de Colombia y se dedicó a violentar y a matar a trabajadores y estudiantes.

La madrugada en que se le apareció el Divino Niño, mi mamá ni siquiera estaba en una camilla; gemía en una butaca a la entrada de la sala de partos mientras esperaba que alguna mujer dejara una cama libre para que ella también pudiera parir. Las contracciones eran violentas y mi pobre vieja, que en aquella época era una niña y no sabía enfrentarse al dolor, las combatía apretándose el estómago y maldiciendo el polvo que, una noche de tragos, se había echado con el sinvergüenza, mentiroso y descuidado de mi padre. Eres una bendecida, dijo una voz que salió de la veladora que iluminaba el altar frente al cual las enfermeras del hospital rogaban al Divino Niño que las ayudara a sortear con milagros la falta de medios, médicos y medicinas. Este muchachito ya me está haciendo ver alucinaciones, pensó mi mamá y, en lugar de pararle bolas a la aparición, volvió a apretarse el estómago, a quejarse y a maldecir a mi papá. Pero el Divino Niño no se había tomado la molestia de manifestarse para ser vencido por las dudas y los dolores de la elegida, sino para dejar claro por qué, a pesar de su carita y su mirar inocente, había sido designado como redentor de un país repleto de asesinos. ¿No me recono-

9

ces?, soy el Divino Niño, tu ángel guardián, insistió la voz. Mi madre fijó la mirada en la veladora y vio cómo en el fondo de la llama empezaron a dibujarse el traje rosado, las dos manitas elevadas al cielo y el cuerpo infantil del Divino Niño. Darás a luz un hijo que no solo te hará feliz y te llenará de esperanza, sino que estará destinado a mostrarle el valor de la vida a este país enviciado con el odio, la violencia y el crimen. La siguiente contracción hizo volver a dudar a mi madre y la pobre cerró los ojos, soltó un rosario de lamentos y, solo cuando la naturaleza dejó de acosarla, miró de nuevo hacia la veladora. El Divino Niño sonrió amoroso y paciente. Mira a tu derecha, ordenó. Mi madre, que en ese momento entró en éxtasis, hizo caso y vio una caneca marcada con unas calaveras fosforescentes que alertaban del alto nivel tóxico de los desechos que iban a parar allí. Apenas nazca tu hijo, sumérgelo en esas aguas y será inmortal, prosiguió el Divino Niño. ¿Inmortal?, iba a preguntar mi madre, pero regresaron las contracciones y volvió a gemir y a maldecir a mi viejo y, cuando volvió a abrir los ojos, ya no había luces ni voces celestiales y la veladora se había apagado. Un vacío igual al vacío de un desamor invadió a mi vieja, y habría muerto de tristeza en aquel corredor si la siguiente contracción no hubiera sido tan fuerte y no la hubiera obligado a dejar de resistirse y a permitir que yo rasgara sus carnes y sacara la cabeza para ver por primera vez este sucio y decadente planeta. El cordón umbilical no lo cortó un médico, sino otra parturienta y la primera palmada no me la dio una enfermera, sino un policía que pasaba por allí en busca de información sobre un compañero al que habían abaleado en el asalto a un banco cercano. Apenas se retiraron los improvisados médicos, mi vieja, todavía seducida por la mirada angelical del Divino Niño, me cogió de un brazo y me sumergió en la caneca de desechos. Empujaba con fuerza porque dentro no solo había líquidos, sino gasas y desperdicios quirúrgicos, cuando apareció una enfermera y vio cómo mi cabeza se hundía por completo en la caneca. ¡Lo quiere matar, lo quiere matar!, gritó la enfermera y a mi mamá, que no la había querido atender nadie, la rodearon en menos de un segundo más de una docena de médicos, paramédicos, celadores y curiosos. Queda detenida por intento de asesinato, explicó el mismo policía que me había dado la primera palmada y le ordenó vestirse para que lo acompañara al lugar de detención en el que debía esperar la audiencia con un juez. Ella, en lugar de obedecer al policía, me alzó, me acarició e intentó darme pecho. No señora, tiene que irse, dijo la enfermera que la había acusado de intentar matarme y me arrebató de sus brazos. Así que mi madre pasó la dieta llorando en la celda de una cárcel y, como no paraba de repetir que tenía un hijo inmortal y que lo único que había hecho era seguir las instrucciones del enviado de Dios, rodeada del maltrato, del desprecio y de las burlas de las otras presas. No diga más sandeces, arréglese y vamos y le explica al juez que fue una equivocación, que el niño se le resbaló y fue a parar a la caneca por accidente, aconsejó el abogado de oficio al que le habían asignado el caso. No son sandeces, es lo que ocurrió, insistió mi vieja. Si hace lo que le estoy diciendo, la liberan y le entregan el niño, recalcó el abogado. No puedo decir esa mentira, sería ingratitud con la bondad de Nuestro Señor. ¿Quiere tener a su hijo en brazos o quiere que siga en el hospital siendo el juguete de un montón de enfermeras?, preguntó el abogado. Quiero que me devuelvan el niño, dijo mi mamá. Entonces, hágame caso, insistió el abogado. Jamás le haría daño a mi hijo, lloriqueó mi mamá ante el juez y el hombre la miró con desconfianza. Lo tuve nueve meses en el vientre; a pesar de las piernas hinchadas y la panza, limpié casas ajenas hasta el último día para que tuviera vivienda, una cuna y sus primeras muditas de ropa; ¿usted cree que una se sacrifica tanto para después matar al bebé?, preguntó mi vieja al juez y se echó a llorar. El hombre aflojó la desconfianza y el abogado aprovechó para dar explicaciones y pedir clemencia «para una madre que solo cometió el delito de descuidarse un segundo». No tiene más que esta oportunidad, recalcó el juez y firmó la orden de salida de la cárcel y la resolución con la que ella recobraba mi custodia. Mi madre estaba tan feliz que ni siquiera fue a la prisión a recoger la ropa que tenía en la celda; corrió al hospital, me arrancó de los brazos de las enfermeras y caminó sin desviarse ni un centímetro de la ruta que la llevaba al inquilinato en el que vivíamos. Está lindo, pero tiene que cuidarlo, un niño no es un juguete, dijo una de las vecinas cuando la vio entrar. Ni tampoco es bueno estar inventando historias ni blasfemar de la palabra de Dios, añadió la hija de esa misma vecina. Mi vieja les sonrió con frialdad, sacó la llave del monedero, abrió el candado de nuestra habitación y, después de ventilar el lugar, ponerme la muda de ropa que me había comprado para el primer día de vida y hacer un tinto en una estufita de gasolina, se sentó a observarme y consentirme. Terminaba de tomarse el tinto cuando la habitación se llenó de luz y mi vieja volvió a sentir el éxtasis que había sentido durante la aparición del Divino Niño. Segundos después, el halo azul que se había formado alrededor de mi cabeza se desvaneció y mi vieja, que en ese momento sentía dentro de ella una gracia infinita e irrefutable, me levantó de la cama, me apretó contra su pecho y me susurró al oído: te amo, mi bebé santo e inmortal.

Mi papá, que no quería a mi mamá y mucho menos quería tener hijos con ella y que no había movido un dedo para defenderla o ayudar a que me devolvieran a sus brazos, se dejó ganar por la curiosidad y apareció por el inquilinato. Mi vieja, que seguía enamorada de él y era incapaz de ocultarle nada, le contó los detalles del parto, le describió la aparición del Divino Niño, le juró que jamás había querido hacerme daño e insistió en que yo no era un bebé normal, sino un alma bendecida por los Cielos. Sabía que usted era boba, pero no tanto, se burló mi papá. Creer en Dios no es ser bobo, replicó mi mamá. Pero creer en alucinaciones y pensar que un bebé puede ser inmortal sí es ser un completo pendejo, insistió mi viejo. Entonces, ¿ni siquiera usted, que es papá del milagro, me va a creer?, preguntó mi mamá. Claro que no le creo; nadie que esté cuerdo se va a comer ese cuento, siguió burlándose mi papá. ¡Pues voy a demostrárselo!, exclamó mi mamá y me puso sobre la cama, fue hasta el rincón del cuarto que usaba de cocina, cogió un cuchillo y caminó hacia mí. ¡Ni lo intente!, dijo mi viejo y se puso delante de ella. Solo quiero demostrarle que no miento, dijo mi mamá. Mi papá intentó desarmarla y, como no pudo hacerlo, la empujó y la tiró al suelo. Nada ni nadie puede hacerle daño al niño, dijo mi mamá y blandió el cuchillo. Mi papá sacó el teléfono y marcó el número de la policía. No cometa ese error, le advirtió mi mamá. Ningún error, refutó él. Cuelgue, mire que aún tenemos la oportunidad de llegar a un acuerdo y rehacer nuestras vidas, dijo mi mamá. Deme el cuchillo, pidió mi papá y mi vieja, aunque lo dudó, decidió entregárselo. Mi viejo soltó el teléfono, guardó el cuchillo en la chaqueta, me alzó, me examinó y tuvo un instante de duda: esta mujer me quiere, no dudó en darme un hijo, tiene un pelo y unos ojos muy bonitos y sigue estando buena, alcanzó a pensar. Pero tropezó con mis ojos de desamparado, con la expresión congestionada de mi vieja, con la habitación miserable en que vivíamos y confirmó que era incapaz de quedarse a luchar por construir una familia junto a nosotros. Es mejor que se calle y se quede quieta o la muerta va a ser usted, amenazó mi viejo y me dejó en la cama, recogió el teléfono e hizo la denuncia al número de emergencia de la policía. Nunca le haría nada malo a una criatura que es fruto del amor, explicó mi mamá. Los hechos dicen otra cosa, refutó mi papá. Mi vieja intentó acercarse. No se mueva, ordenó mi papá y la amenazó con el cuchillo. Lo único que va a conseguir es que me vuelvan a quitar el bebé, se quejó mi mamá. El niño lo perdió usted misma. Si quiere déjeme, pero no ayude a que cometan otra injusticia conmigo, rogó mi mamá. Nunca la he dejado porque nunca hemos estado juntos y, en cambio, le di este hijo y usted ha querido matarlo dos veces, soltó mi viejo. Usted no entiende lo que está pasando, dijo mi madre. Entiendo, por eso es mejor que siga lejos. Dios no le va a perdonar esta falta de fe, dijo mi mamá. Dios nunca me perdonaría si permito que usted mate a un inocente, contestó mi viejo. La noche que me acosté con usted, fui la mujer más feliz de la tierra; nunca había sentido algo tan intenso y, cuando usted me dio la espalda y se quedó dormido, supe que la vida había sido generosa, me había enseñado lo que era el verdadero amor y me acababa de dar un hijo, contó mi mamá. Me imagino que también adivinó que el niño iba a ser inmortal, se volvió a burlar mi viejo. No, ya se lo conté, de eso me enteré en el hospital, aclaró mi mamá. ¡Ay, no!, usted de verdad sí está muy loca, soltó mi viejo. Todavía podemos irnos lejos y criar juntos esta bendición que nos mandó el Señor, insistió mi vieja. No siga con esas pendejadas, la cortó mi viejo. ¡Por una vez crea en mí y crea en nuestro amor!, suplicó mi mamá. No se humille, así menos va a conseguir convencerme, dijo mi papá. No me humillo, intento que usted cumpla sus deberes con el amor y con Dios. No sabe cuánto lamento haberme enredado con usted, dijo mi papá y, de la rabia que tenía, las mejillas se le pusieron rojas y las venas del cuello se le brotaron. La vida le va a cobrar su egoísmo y su falta de fe, predijo mi mamá. ¡Cállese!, ordenó mi papá y en sus ojos apareció un desprecio tan intenso que mi vieja terminó de entender que no existía la menor posibilidad de hacer hogar con el hombre que amaba y se puso a llorar. ¡No chille que me enfurece más!, gritó mi papá, y mi mamá, que en ese momento tuvo un sorpresivo momento de serenidad, se limpió las lágrimas, se acomodó en el rincón de la estufa y se puso a rezar.

Aquel nuevo intento de agresión ya no se lo perdonó el juez; mi vieja fue a parar a un manicomio y yo, como mi papá desapareció apenas puso la denuncia, quedé al cuidado de una congregación de monjas. Convertido en el juguete preferido de las novicias, durmiendo cada noche con una monja distinta, alimentado con un menú variado y generoso, logré superar el abandono y crecí fuerte, cachetón y distraído. Habría sido el chófer o el jardinero de aquel convento, si no es porque Sor Francisca, la madre superiora, le da permiso a la hermana Julia, la más bonita y bondadosa de las monjas, de llevarme a ver una función de títeres para celebrar mi séptimo cumpleaños. Comimos helados, paseamos por Chapinero, jugué en un parquecito y llegamos puntuales a la primera función del teatro de Jaime Manzur. Fue uno de mis días más felices y la hermana Julia habría podido anotar una buena acción en su diario, si a la misma función no hubieran asistido los hijos y la mujer de un mafioso que era magnífico padre, pero que tenía la maña de no pagar las deudas que iba contrayendo con los demás mafiosos. Gozamos y reímos con *La Bella Durmiente* y, cuando las caras de nostalgia de los papás y las caras de felicidad de los niños empezaron a buscar la salida del teatro, al lugar entraron unos matones, sacaron ametralladoras y apuntaron sobre la mujer y los hijos del mafioso. Las balas empezaron a sonar; cayeron los niños y cayó la madre, pero, en un espacio tan cerrado y con unas armas tan aparatosas, era difícil ser preciso y cayeron otras madres, otros padres y otros niños. Yo sentí las balas empujarme sin lograr penetrar mi piel y casi vi cómo una de ellas pegaba contra la pared, volvía a rebotar y se metía en la columna vertebral de la hermana Julia. Salí sin un rasguño, pero la hermana quedó inválida y, aunque a todo el mundo le extrañó mi suerte, nadie se acordó de que mi madre insistía en que yo era inmortal. El amor y el agradecimiento que tenía a la hermana Julia hicieron que me esmerara en acompañarla, cuidarla y atenderla; era yo quien la despertaba, la ayudaba a asearse, a vestir, la llevaba al comedor y le daba el desayuno. Ella me miraba con sus ojos llenos de ternura mientras le limpiaba la boca con la servilleta, la llevaba al patio a tomar el sol, volvía a llevarla al comedor a almorzar y la acompañaba en las tardes a las sesiones de fisioterapia. Cuando la hermanita desfallecía por los dolores que aquellas sesiones le producían, le daba algo de beber, le hacía pequeños masajes en los brazos y las piernas y le daba ánimos para que las completara. Siempre estaba atento a sus pequeños progresos, me ilusionaba más que ella con cada avance y la aplaudía y organizaba celebraciones cuando esos progresos se volvían evidentes y podían mostrarse a las otras monjas. Quiero salir, respirar la vida de la calle, me susurró al oído una mañana la hermana Julia y, aunque la vi más pálida de lo normal y Sor Francisca nos tenía prohibido salir del convento, decidí satisfacer el deseo de la hermanita. Le puse un vestido que se había quedado sin estrenar por culpa del tiroteo, le pinté las uñas de las manos y los pies, la maquillé y, aprovechando que las demás monjas estaban reunidas para planificar las celebraciones de final de año, salí con ella a recorrer el barrio. La hermana Julia, aunque seguía más seria de lo normal, sonreía al cruzarse con la gente, miraba asombrada el comercio que ya había decorado las vitrinas con estrellas, pesebres y árboles de navidad y, si veía en alguna tienda un artículo que le gustara, me hacía detenerme y preguntar el precio. Me sentía un niño generoso y agradecido cuando ella se puso a llorar. ¿Le duele algo, nos devolvemos?, pregunté. No, tranquilo, sigamos, contestó ella y, al pasar junto a una tienda de teléfonos, me pidió el favor de que preguntara el precio de uno de ellos. Acomodé a la hermana junto a la entrada de la tienda, entré en el lugar y ya iba a hacer la consulta cuando el gesto de terror que apareció en la cara de la muchacha que me atendía me hizo voltear a mirar hacia la hermana y vi cómo a punta de retorcerse había conseguido que la silla de ruedas se moviera y rodara hacia la calzada. La hermanita debía tener muy bien preparado el suicidio porque, aunque salí de la tienda de un salto, corrí hacia ella y logré agarrar la silla, no conseguí evitar que una volqueta que venía a gran velocidad nos lanzara por los aires. Por contemplar el milagro de cómo un niño había salido ileso de un terrible accidente, la gente olvidó el cuerpo destrozado de la hermana Julia, y solo cuando me levanté y fui hasta donde estaba ella y me puse a limpiarle la sangre, los curiosos vieron que había una segunda víctima del accidente. ¡No se muera, por favor!, suplicaba a la hermana mientras más y más gente se reunía a mi alrededor sin dar importancia a que ella agonizaba; tan solo murmuraban y me examinaban con la mirada. Ayúdenme, llamen a un médico, supliqué y la muchacha de la tienda fue la única que atendió mi ruego y corrió a llamar a emergencias. Es mejor que la suelte y nos deje a nosotros revisarla, dijo uno de los enfermeros que llegó en la ambulancia. Aquí sigo, hermana, dije y me aparté. El enfermero le tomó el pulso, le acercó la oreja al pecho, la sacudió y, como ella no respondía, volteó la cabeza y me miró con una mezcla de curiosidad y lástima. ¿Sigue viva?, pregunté. El enfermero se hizo a un lado; volví a abrazar a la hermana, sentí cómo empezaba a enfriarse y a ponerse rígida y, en ese momento, entendí que el espíritu de la hermana, igual que la volqueta que nos había atropellado, se había escapado y ya estaba a kilómetros de aquella calle.

Más que alegrarse de mi salvación, Sor Francisca y las demás monjas del convento hicieron cónclave y ataron cabos, una de ellas recordó la locura de mi madre, otras hablaron del «misterioso asunto» del tiroteo y otras se atrevieron a confesar que siempre habían intuido en mí una «naturaleza satánica». Es mejor que no siga aquí, concluyó Sor Francisca y, antes siquiera de que enterraran a la hermana Julia, me entregó al cuidado del padre Aroldo, el sacerdote que hacía las veces de confesor del convento. El Padre era cariñoso, siempre tenía un dulce, un consejo y una sonrisa a la mano y le gustaba jugar fútbol conmigo. Pero, a pesar de su buena voluntad, se comportó como el típico padre colombiano: me puso al cuidado de Noemí, la muchacha que limpiaba la iglesia y la casa cural y que, al mismo tiempo, le aliviaba las penurias del voto de castidad. Fue una época muy bonita; disfruté de la alegría, la buena sazón y las atenciones de Noemí, de la posibilidad de quedarme con parte de las limosnas para comprar roscones y gaseosas y de los cuchicheos y los gemidos que acompañaban mis tardes, cuando el Padre y Noemí se encerraban a hacer la siesta. Me gustaría que Aroldo, más que un cura, fuera un hombre libre, dijo una tarde Noemí mientras la ayudaba a desgranar alverjas para la sopa de la comida. Dios hace libres a sus sacerdotes, contesté, porque me acordé de un sermón que el Padre había dado días atrás. No es de ese tipo de libertad de la que hablo, dijo ella y, como no logré entender a qué se refería, me quedé en silencio. ¿Le puedo pedir un favor?, preguntó un rato después Noemí. Claro, contesté. ¿Le dice a Aroldo que quiere ir de paseo a un lugar donde haga calor y haya piscina? ¡Ya mismo!, exclamé al tiempo que me imaginaba metido en el agua y aprendiendo a nadar. Ahora no, tenga la petición guardada y, un día que Aroldo esté jugando fútbol con usted, se lo insinúa, añadió Noemí. Me costó esfuerzo hacerle caso porque de ahí en adelante soñaba a toda hora con el paseo, pero me esperé a que volviéramos a jugar banquitas y le hice la petición al Padre. ¡Este mismo fin de semana!, exclamó el Padre y mandó hacer mantenimiento al carro de la iglesia y le pidió a Noemí que fuera al Restrepo a comprarme pantaloneta, toalla y unas chanclas. No creo conveniente que una muchacha de su edad se vaya de paseo y pase la noche fuera de casa, dijo el papá de Noemí cuando el Padre le pidió permiso para que ella nos acompañara en el viaje. Por favor, sin ella el paseo no será igual de divertido, dije porque Noemí no solo me había pedido que acompañara al Padre a pedir la autorización, sino que me había sugerido las frases con las que debía apoyarlo. Voy para jugar y cuidarlo a él, ya se lo prometí, dijo Noemí y me abrazó. El papá miró con desconfianza al padre Aroldo y miró con dudas a la mamá de Noemí. No vamos a dejar de hacer una obra de caridad, sería pecado, dijo la mamá de Noemí. El papá de Noemí miró un buen rato a los ojos al Padre y asintió. Los siguientes días se nos fueron entre los preparativos del viaje, las ensoñaciones sobre cómo serían el paisaje y el hotel y las discusiones sobre lo que a ella le gustaría hacer y lo que me gustaría hacer a mí. La alegría y el amor que le puso Noemí a alistar mi maleta me recordaron los buenos tiempos con las hermanitas, sobre todo con la hermana Julia. El sábado, en la madrugada para aprovechar el día y estar fuera de Bogotá antes de que empezara el trancón, buscamos la autopista sur y salimos rumbo a Melgar. Nunca había visto la ciudad desde la ventanilla de un carro y me asombró ver cómo las calles aún oscuras iban quedando atrás, cómo las luces de la avenida iluminaban nuestra ruta y cómo, entre risas y gritos, la gente que había estado de rumba caminaba de regreso a casa. La ciudad se acabó, nos metimos en la niebla de la sabana y, un rato después, el sol rasgó aquella niebla, apareció el verdor húmedo de las montañas y la carretera empezó a llenarse de otros carros, de camiones y de tractomulas. Peaje tras peaje hicimos dos horas de carretera y entramos a un pueblo que más que calle principal tenía una hilera de tiendas que se daban codazos entre ellas para vender ropas de tierra caliente, toallas de colores y flotadores para piscina a los turistas. En el centro vacacional nos dieron una cabaña a la que se llegaba por un camino empedrado que serpenteaba entre plantas llenas de flores y que me hizo sentir como en uno de los cuentos de las marionetas de Jaime Manzur. Después de descansar del viaje, nos pusimos los vestidos de baño, recorrimos el sendero que llevaba a la piscina y, como yo me embobé mirando los reflejos del sol en la piscina, Noemí me empujó al agua, caí de cara, me hundí y empecé a ahogarme. Mientras ella se reía, el Padre me sacó a flote, me tuvo alzado hasta que escupí el agua que había tragado y, cuando ya por fin respiré con normalidad, me dijo: primera lección, nunca hay que descuidarse. Noemí saltó a la piscina y olvidé el susto porque ellos empezaron a enseñarme a respirar y a flotar y, cuando ya medio chapaleaba, nos pusimos a jugar con una pelota que nos prestó el administrador del centro vacacional. Aunque a veces volvía a hundirme y a tragar agua, me sentía supercontento: era como si tuviera un papá y una mamá y como si ellos se amaran y ese amor llegara y me empapara por completo. Estaba tan feliz que no me pareció extraño que, cuando me llegó el cansancio y me salí del agua, ellos siguieran en la piscina y empezaran a jugar y a abrazarse y a besarse como hacían las parejas en las películas. Tampoco me pareció raro cuando, en la noche, ellos me acostaron en la cabaña y se fueron al bar del centro vacacional a oír música, a tomar y a bailar. Los destellos de aquella corta luna de miel que tuvieron el padre Aroldo y Noemí duraron varias semanas; días en los que la comida de la iglesia era cada vez más deliciosa, en los que el Padre fue más generoso con el dinero que me daba para salir de la iglesia e ir a comer helados y papas fritas a la calle comercial del barrio. La felicidad duró hasta que, una tarde, Noemí llegó muy agitada, se encerró en la habitación del Padre y, después de llorar y llorar, le anunció que estaba embarazada. El escándalo que armó la improvisada suegra y las amenazas de muerte que profirió el futuro abuelo llenaron de murmullos las misas, y el chisme del embarazo dividió al barrio entre los que creían culpable al padre Aroldo y los que creían que la culpable era Noemí. Cansada de que la juzgaran, Noemí se fue a tener al niño al mismo convento del que yo había venido y, como otros chismes hicieron olvidar los amores del Padre con Noemí, el único perjudicado por aquel alboroto fui yo. Toda esa lujuria en esta iglesia tiene que ver con la «energía extraña» de ese niño, le dijo el obispo al padre Aroldo cuando discutían sobre los cambios que había que hacer en la iglesia para que la comunidad viera que había habido un castigo y así se quedara tranquila. Ya me quitaron a la muchacha, no pueden quitarme también al niño, protestó el padre Aroldo. No es una propuesta, es una orden, dijo el obispo y decidió que yo debía cambiar los olores a incienso de la iglesia y la voracidad por las limosnas por el ambiente turbio y agresivo de un orfanato estatal.

Los primeros días en el orfanato fueron aterradores porque yo era débil, había sido criado entre mujeres y tuve que soportar muchos golpes y abusos para entender que una cosa es ser inmortal y otra muy distinta es ser invulnerable. Así aprendí que las heridas del cuerpo se me curaban más rápido que a los demás, pero que las heridas en el corazón eran más intensas para mí y me podían durar para siempre. No se metan más con ese pelado, de aquí en adelante va a ser mi novia, dijo Chuzo, el adolescente que hacía de mandamás en el orfanato, una noche que me vio llorando y derrotado en un rincón del dormitorio. Los otros niños me observaron con una mezcla de burla y pesar y yo, que aún no tenía muy claro qué significaba aquella frase, me dejé agarrar del brazo y conducir hasta la cama donde dormía Chuzo. Quíteme los zapatos, ordenó Chuzo. Obedecí mientras los demás niños seguían observando. Ahora las medias, añadió Chuzo y, como volví a obedecer, quedaron al descubierto los dedos retorcidos de Chuzo. ¿Qué le pasó?, pregunté con ingenuidad y los otros niños rieron. ¿Qué le importa?, dijo Chuzo y decidió terminar de desvestirse por su cuenta. Quítese la ropa, de aquí en adelante duerme conmigo, dijo Chuzo y ordenó que apagaran las luces del dormitorio. Voltéese, dijo Chuzo cuando ya nos cubrían las cobijas y no tuve más opción que volver a obedecer. Chuzo se me pegó y yo, que aquellas noches había extrañado el calor de la hermana Julia, me sentí abrigado e, igual que hacía con la hermana, cogí la mano a Chuzo. Él intentó soltarse, pero se arrepintió de hacerlo y entrelazó sus dedos con los míos. ¿Por qué, cuando le pegan y se esconde a llorar, una luz azul le ilumina la cabeza?, preguntó Chuzo. Si le cuento, se burla de mí, dije. No, tranquilo, cuénteme, dijo Chuzo. Otro día, dije. Ese halo de luz me da paz, dijo Chuzo. ¿Por eso me ayudó? Por eso y porque no quiero pasar frío, dijo Chuzo y respiró profundo, agarró mi otra mano y acomodó la cabeza en mi hombro. Aunque no olía tan rico como la hermana, me dejé llevar por el calor de su cuerpo, por la alegría de sentirme acompañado y, por primera vez en el orfanato, pude dormir tranquilo. El tiempo fue pasando y como Chuzo, más que tratarme como a una novia, me empezó a tratar como a un hermano menor; la vida se volvió segura, divertida y emocionante. Mientras Chuzo, con la complicidad del director del orfanato, controlaba quién podía vender comida, hacer apuestas, vender drogas o salir a la calle, yo llevaba las cuentas de las ganancias de Chuzo, lo aconsejaba para que no abusara de su poder y me dedicaba a jugar fútbol incluso con los internos que habían abusado de mí los primeros días. ¿Y esos quiénes son?, pregunté a Chuzo un día que vi entrar al patio del orfanato a un grupo de pelaos que ni eran menores de edad ni nos miraron con cara de buenos amigos. Son Uriel y varios manes de su pandilla, contestó Chuzo. ¿Qué harán aquí? O vienen a esconderse de alguna cagada que hicieron en la calle, a tomar el control de este lugar o a ambas cosas. Se ven peligrosos, dije. Son muy peligrosos, soltó Chuzo. Igual, en este orfanato manda usted, tendrán que obedecerlo, dije. Los muchachos que nos rodeaban y oyeron mi afirmación rieron y se alejaron de nosotros; de un lado del patio quedaron los recién llegados, en la mitad la mayoría de los huérfanos y, al otro lado, Chuzo y yo. Me gusta tu novia, le dijo esa misma tarde Uriel a Chuzo y Chuzo, que jamás había permitido que alguien le faltara al respeto, sonrió y evitó enfrentarlo. Tenemos que irnos de aquí esta misma noche, dijo Chuzo. ¿Por qué? El director me dijo que Uriel, además de tomar el control de este lugar, tiene orden de matarme. ¿Por qué va a querer matarlo? En esta vida, a uno nunca le faltan enemigos, dijo Chuzo. ¿Y si le dice al director del orfanato que lo proteja? No hará nada, nunca hace nada, porque cree que yo hacía y deshacía en este lugar, dijo Chuzo. Tiene razón, mejor irnos, dije y me puse a empacar la ropa en una maletica que me había regalado el padre Aroldo. No haga eso, que se dan cuenta de que nos queremos volar, dijo Chuzo. ¿Qué hago entonces? Tome esta llave, vaya a las duchas y, apenas esté solo, salta por la ventana que da al patio de las herramientas, coge la escalera más larga, abre el portón con la llave y lleva la escalera a la parte final del muro que encierra el orfanato; yo lo busco ahí. Y usted, ¿qué va a hacer? Necesito recoger la plata y otras cosas que tengo en una caleta sin que Uriel y su gente me vean hacerlo. Seguí las instrucciones, me escondí en el baño, salté por la ventana al patio de las herramientas, busqué la escalera, usé la llave que me había dado Chuzo para salir de aquel patio y arrastré la escalera hasta donde tenía cita con Chuzo. No había alcanzado a parar bien la escalera cuando vi a Chuzo venir corriendo con un paquete en las manos y detrás de él, persiguiéndolo, a Uriel y a varios de los suyos. Traían puñales y, cuando Chuzo vio que las cuchilladas lo iban a alcanzar, tiró el paquete y me dio orden de subir a la escalera y saltar. Corríamos por el potrero que separa el orfanato del barrio más cercano cuando Uriel asomó por el muro, sacó un revólver y empezó a disparar. Frené, dejé pasar a Chuzo y me acomodé detrás de él de tal manera que los tiros rebotaran en mi espalda y no lo alcanzaran. Se acabó el potrero, cruzamos las calles de ese barrio y llegamos a la Boyacá, una avenida muy concurrida donde la vida seguía sin que nadie supiera que Uriel acababa de intentar matarnos. ¡Malparidos, sabían exactamente dónde tenía la caleta y se quedaron con el dinero!, exclamó Chuzo y se sentó en el andén para tomar un poco de aire. Entonces, ¿qué traía en el paquete que les tiró? El revólver con el que nos dispararon, contestó Chuzo. Me rasqué la cabeza y me acomodé a su lado. ¿Por eso es la luz azul?, preguntó Chuzo cuando volvió a respirar con normalidad. No sé de qué habla, dije. Conozco a Uriel, ese man no falla un tiro. Estuvimos de buenas, dije. Así que no le entran las balas, ese es su secreto, dijo Chuzo. Vámonos antes de que el director llame a la policía y vengan a buscarnos, dije. Esa es la razón, repitió Chuzo y se levantó y empezó a caminar por la Boyacá en dirección al centro de Bogotá.

A pesar de que empezó a llover y a hacer frío, la calle me pareció mejor que el orfanato; mucho más cuando Chuzo sacó un billete que tenía encaletado en los zapatos y pudimos comprar arepas en un puesto callejero y sentarnos a comérnoslas en un parquecito. Tenemos que ir a hablar con el jefe, dijo Chuzo apenas terminó con la arepa. ¿Su jefe?, pregunté sorprendido. Siempre hay un jefe, dijo Chuzo y volvió a caminar hasta que llegamos al barrio Santa Inés, pasamos junto a varios lotes abandonados y, un par de calles adelante, entramos a una tienda. Chuzo le dijo algo al muchacho que hacía las veces de tendero y este abrió el mostrador y nos dejó pasar al interior de la casa. A tientas avanzamos por un corredor oscuro, llegamos al patio de una casa medio derrumbada y donde había un montón de gente fumando bazuco. Subimos unas escaleras, entramos a una habitación y un par de muchachos nos abrieron una puerta que daba a la casa vecina: un lugar normal, sin muros destruidos y donde había gente empacando la droga que se consumía en la casa anterior. Entonces, ¿los echaron del orfanato?, preguntó El Buitre, el treintañero dueño de aquel negocio y patrón de Chuzo. Sí, Uriel llegó con su combo y me robó el producido de la última semana y no me dio ni tiempo de empacar antes de irme, contestó Chuzo. ¿Y este quién es?, preguntó El Buitre. Mi parcero, contestó Chuzo. ¿Es de fiar?, preguntó el hombre. Me acaba de salvar la vida, dijo Chuzo y el hombre asintió. Es una guerra, nos han atacado en varias zonas de la ciudad y quieren tomar el control de las cárceles y los centros de menores, explicó El Buitre. Con razón querían joderme, dijo Chuzo. Aún no sabemos quién está al mando, solo que Pinina les está coordinando el ataque, dijo El Buitre. ¿Pinina, su primo?, preguntó Chuzo a El Buitre. Sí, mi primito se me torció, contestó El Buitre. ¿En qué podemos ayudar?, preguntó Chuzo. Lo más difícil ha sido seguir a Pinina y saber para quién está trabajando, contestó El Buitre. Hacer inteligencia es mi especialidad, dijo Chuzo. La manera de ganar esta guerra es matar a la cabeza de ataque, dijo El Buitre. ¿Dónde encontramos a Pinina?, preguntó Chuzo. Donde siempre, en la bodega que tiene en La Estanzuela. Listo, nosotros averiguamos para quién está trabajando, dijo Chuzo y El Buitre sonrió, le palmoteó la espalda y le entregó un fajo de billetes. ¿Me puedo quedar donde siempre?, preguntó Chuzo. Sí, pero igual vigilen, esta gente nos conoce bien y nos ataca en los lugares donde sabe que nos movemos, dijo El Buitre. Nos despedimos, salimos de esa casa y bajamos al barrio Eduardo Santos. Entramos a unas residencias y, después de darle una clave a la mujer que las atendía, ella nos llevó a una habitación que quedaba en la parte más inaccesible del lugar y nos dio una tarjeta de un restaurante para que pidiéramos comida a domicilio. Chuzo pidió arroz chino y nos lo comimos con tanto gusto que hasta se me olvidó que nos acabábamos de comprometer en un trabajo que me había parecido demasiado peligroso. El arroz lo bajamos con unas cervezas, Chuzo se fumó un bareto y, cuando nos venció el sueño, aunque había dos camas, dormimos abrazados igual que en el orfanato. Es ahí, dijo Chuzo al otro día y me señaló una bodega en la que había dos pelaos vigilando la entrada. Un rato después, un hombre más o menos de la misma edad que El Buitre salió de la bodega y detrás de él caminaron los dos vigilantes de la entrada. Ese es el man, dijo Chuzo y me jaló para que lo siguiera. Pinina conoce cada rincón de estos barrios y, como solo se siente seguro en esta zona, quien quiera verlo debe acercarse por aquí, explicó Chuzo mientras Pinina hacía una parada en un restaurante para desayunar. Esto se va a complicar, dije. Tranquilo, crecí en estas calles, sé moverme y pasar de agache, afirmó Chuzo. Esas palabras me tranquilizaron y, antes de que me diera cuenta, el seguimiento se volvió emocionante y divertido, algo así como hacer turismo, pero con un guía que no sabía que estaba haciendo de guía. Eso sí, el tal Pinina era un torcido de cuidado: cuando no estaba hablando con ladrones estaba hablando con policías; cuando no estaba hablando con distribuidores de drogas estaba reunido con militares, y cuando no estaba comprando armas en el mercado negro estaba en un burdel con algún concejal de la ciudad. Que se están quedando con nuestros socios ya lo sabíamos, dijo El Buitre cuando fuimos a llevarle el primer informe. Pues no se vio con nadie más, puede ser que el jefe de la revuelta sea el mismo Pinina, dijo Chuzo. Pinina no tiene la capacidad de negociar con esa gente, estoy seguro de que hay alguien detrás de él, explicó El Buitre. ¿El trabajo de llevar y traer razones que está haciendo Pinina es el mismo que hacía antes para ustedes?, pregunté. Sí, exactamente lo mismo, dijo El Buitre. ¿Por qué?, preguntó Chuzo. De pronto, Pinina nunca se ve con el jefe porque ese jefe está encaletado en la bodega, dije. Eso no se me había ocurrido, dijo El Buitre. Por eso tienen tan bien vigilada la bodega, dijo Chuzo. Tienen que entrar, traerme una foto del pirobo que nos declaró la guerra, ordenó El Buitre. Listo, contestó Chuzo. No debí abrir la boca, solté cuando ya estábamos de vuelta en la residencia. Al contrario, ya se ganó a mi jefecito, dijo Chuzo. Una cosa es vigilar sin que lo pillen a uno los guardaespaldas de Pinina y otra muy distinta es meterse en esa cueva de matones. Eso no necesito que me lo explique, dijo Chuzo. Nos fuimos del orfanato para evitar que nos chuzaran unos pandilleros y terminamos enfrentados a los jefes de esos pandilleros, añadí. La vida es así, toca hacerle a lo que se aparece, dijo Chuzo. ¿Y si renunciamos a este trabajo?, pregunté. No voy a faltonear a la única persona que me ha dado la mano en esta vida y tampoco voy a entregarle el orfanato a Uriel sin dar la pelea, dijo Chuzo. ¿Quiere volver al orfanato?, pregunté. Ese sitio es mi hogar, ahí he estado toda mi vida y ahí quiero seguir un tiempo más, dijo Chuzo. Si quiere entro yo, a mí no me pueden matar, propuse. Es buena idea, pero para usted esos manes son todos iguales, tengo que acompañarlo para ver si ahí adentro hay algún duro. Pues sí, dije. Al final de la calle hay una ventana mal sellada por la que podemos colarnos, solo hay que esperar que sea de madrugada, que es la hora en la que la gente está más cansada, dijo Chuzo. Asentí, fuimos a comer, hicimos tiempo viendo películas en la residencia y, cuando el reloj marcó las tres de la mañana, volvimos a la bodega. Ya nadie custodiaba la entrada, la calle estaba vacía y fue fácil buscar la ventana que conocía Chuzo, empujar las tablas que la sellaban y meterse en la bodega. Era un sitio siniestro, había maquinaria despedazada por todas partes y, en la penumbra, más que una bodega de repuestos para tractomulas, parecía un cementerio de elefantes. Los pelaos que trabajaban con Pinina dormían en una caseta construida junto a una de las paredes laterales de la bodega y, en unas oficinas improvisadas en el mezanine que había al fondo de la bodega, estaban las luces prendidas y se oían voces y risas. Toca subir al mezanine y ver quiénes están ahí, susurró Chuzo. El problema no es subir, es bajar después, susurré. Espéreme aquí, dijo Chuzo y se arrastró hasta las escaleras; las subió escalón tras escalón cuidando de no hacer ruido para que los vigilantes no se despertaran y que los de arriba tampoco lo descubrieran. Logró llegar a las oficinas, espiar quiénes estaban dentro y volver a bajar hasta donde yo lo esperaba. Vamos, esta guerra está perdida y lo mejor es hacer lo que usted dijo, irse de Bogotá. ¿Por qué lo dice?, pregunté. Allá arriba está Arcesio, un man al que el mismo Buitre traicionó para que lo metieran preso; ese man es sanguinario, dijo Chuzo mientras íbamos de cuclillas hasta la ventana por la que habíamos entrado. Usted primero, dijo Chuzo y me ayudó a subir. Le daba la mano para que subiera él, cuando alguien gritó: ¡El malparido del Chuzo! No alcanzamos ni a pisar la calle y echar a correr cuando ya estaban los muchachos de Pinina detrás de nosotros. Fueron muy rápidos y, cuando sentí el primer intento de apuñalarme la espalda, me volví y los enfrenté. Los manes quedaron sorprendidos, pero reaccionaron rápido y volvieron a atacarme. ¡Está rezado!, exclamó uno de ellos al ver que no conseguían herirme y se me echó encima y me tiró al suelo. Este man no importa y nos está embolatando para que no alcancemos a Chuzo, añadió el pelao, y los demás, apenas lo escucharon, se fueron y me dejaron ahí botado. Cuando se me pasaron el susto y la agitación, me levanté e intenté saber hacia dónde habían corrido Chuzo y mis atacantes. Pero solo vi la ciudad en silencio y no me quedó más opción que ponerme a vagar a ver si tenía suerte y me los cruzaba. Amaneció, la ciudad peligrosa se convirtió en una ciudad llena de trabajadores y estudiantes y, como quería saber si esos manes habían alcanzado o matado a Chuzo, decidí ir hasta las residencias donde habíamos dormido las últimas noches. Es mejor que se abra, este asunto se complicó, me dijo la mujer que las atendía y ni siquiera me dejó entrar a sacar las pocas cosas que tenía allí. En la casa del barrio Santa Inés me fue peor, no pude acercarme a la calle donde quedaba porque ya estaba vigilada por los mismos muchachos que cuidaban la bodega de Pinina. Aunque sabía que los pandilleros podían reconocerme, rondé el barrio varios días a la espera de que Chuzo apareciera. Cuando me cansé de esperar, pregunté en hospitales y en la morgue y, como nadie me dio razón de él y las ganas de encontrarlo se me fueron convirtiendo en tristeza y desamparo, me dije: me voy lejos de Bogotá, no quiero pasar más frío ni sentirme más solo, inútil e impotente.

Así que de la calle pasé a la carretera y de la carretera pasé a los pueblos y, en uno de esos pueblos abandonados adonde iba en busca de olvido, calor y un poco de comida, me reclutó la guerrilla. En el monte no se comía mejor que en el orfanato o en la calle, pero, a pesar de las madrugadas, de las largas caminatas entre la selva, del exceso de disciplina, de los gritos y los abusos de los instructores, esa vida me gustó y decidí quedarme. Aprendí a ser astuto, a esconderme para espiar al enemigo, a camuflarme para disparar lo más cerca posible del objetivo y, a pesar de tanta carreta sobre el socialismo, fue en la guerrilla donde aprendí el valor del dinero. Tanto lo supe que me gané la simpatía de Cachama, el comandante de mi frente, y el hombre empezó a utilizarme como correo para llevar y traer las ganancias que dejaban las extorsiones, los secuestros, el tráfico de coca y demás trabajos revolucionarios a los que nos dedicábamos. Estaba feliz, sentía que, a los diecisiete años, había dejado atrás la educación mojigata de las monjas y del padre Aroldo y me había convertido en un gran guerrillero y hasta soñaba con el momento en que iba a descubrirles a los camaradas mi inmenso secreto y de ese modo convertirme en una verdadera leyenda revolucionaria. Pero, un amanecer, mientras protegíamos una remesa de dólares, nos asaltó un grupo de encapuchados; los manes aprovecharon que estábamos dormidos y disparon a mansalva sobre nosotros y, para asegurarse de que no iba a haber sobrevivientes, a todos nos remataron con un tiro en la nuca. Me hice el muerto y, cuando los atacantes se quitaron las máscaras, pude ver que el asalto lo dirigía Facundo, el hermano menor de Cachama. Eso me dolió, no podía creer que en el mundo pudiera existir tanta traición y, si no me levanté en ese mismo momento e hice valer mi condición de inmortal, fue porque ya había aprendido que la venganza siempre es más eficaz si se planea con tiempo y cabeza fría. Los manes no mostraron ninguna forma de respeto por los cadáveres, empezaron a buscar el dinero y, apenas lo tuvieron entre manos, se abrazaron de felicidad, brindaron con una botella de aguardiente que uno de ellos llevaba en el bolsillo y, abrazados y jubilosos, se marcharon del sitio del asalto. Detrás de ellos, salí yo y, después de más de una semana de viajar por trochas hechas con mi propia mano, de superar ríos crecidos y de marchas solitarias por la selva, logré llegar al campamento de mi frente guerrillero. Cachama se puso pálido al verme llegar, pero disimuló, me abrazó, me ofreció comida y se sentó a escucharme. Entonces, ¿no le pasó nada?, preguntó incrédulo. Nada, contesté y le conté que era inmortal. El hombre se rascó la cabeza, me miró de arriba abajo y me pidió que me quitara la camiseta para examinarme. Con sus manos callosas tocó mi piel intacta y confirmó que no le mentía. Sí ve, ni un rasguño, le dije orgulloso. Asintió pensativo. Hazte al pie de ese árbol un momento, pidió. Le hice caso y Cachama sacó el revólver y me apuntó. Sonreí feliz: al fin y al cabo, era la primera vez que iba a probar mi condición de bendecido por decisión propia. El comandante apuntó y el silencio mágico de la selva fue interrumpido por uno, dos, tres, cuatro y cinco disparos y por la carrerita que pegó mi comandante para rematarme con el sexto tiro. Sí ve, no le estoy hablando mierda, dije sonriente. El hombre me miró asustado, como si se le hubiera aparecido un fantasma y preguntó: ¿qué quieres? Yo, que me sentía como el Che Guevara, pero inmortal, no entendí la pregunta. ¿Qué quiero de qué? ¿Pues qué quieres, por qué viniste?, insistió Cachama. Por lealtad, porque no puedo traicionar la causa revolucionaria y mucho menos puedo dejar que sean sus propios hermanos quienes roben a un hombre que me ha enseñado a tener ideales y empeño para cumplirlos. Cachama se rascó la cabeza. Le doy veinte millones si se marcha y no vuelve a venir jamás por esta región, propuso. ¿No vamos a vengarnos, no vamos a recuperar el dinero que le pertenece a la revolución? No, dijo cortante. ¿Por qué no? Es mi hermano, no lo voy a mandar matar. ¿Y la causa? Ninguna causa, aquí el problema es usted; si estuviera muerto, todo estaría bien, renegó Cachama. Entonces, ¿son cómplices? Eso a usted no le importa. Me importa, llevo años obedeciendo sus órdenes y cometiendo actos terribles porque estaba seguro de que nos movía el sueño de cambiar el país. Es mejor que deje de pensar tantas pendejadas, coja la plata que le estoy dando y váyase, soltó Cachama. ¿En serio?, insistí. Sí, usted sigue siendo un aprendiz de cura, le mete moral a cosas que son prácticas, añadió Cachama. Que negara mi condición de revolucionario fue un golpe tan bajo que pasé del asombro a la decepción, acepté la derrota, cogí el dinero y abandoné la guerrilla.

Sin rumbo, sin ideales y sin fe, vagué por Colombia malgastando el dinero con el que habían pagado mi silencio y, cuando ya no me quedaba ni un centavo, decidí que había llegado el momento de irme del país. Habría sido jardinero en Miami si, la noche anterior a emprender la larga caminata que me llevaría hacia el Norte, no hubiera conocido en un bar de Sabaneta a un pandillero al que le decían Índice. Nunca fallo si aprieto el gatillo con ese dedo, presumió el hombre después de contarme que, aunque era nuevo en el negocio del sicariato, ya empezaba a hacerse un prestigio. Al final de la noche y ya bien borracho, me atreví a contarle mi historia e Índice, en lugar de burlarse y tratarme de loco, me propuso asociarnos y hacer negocios. ¿Negocios?, pregunté porque no entendí muy bien a qué se refería. Fácil, usted maneja la moto y yo disparo, por cada muñeco nos pagan un billete, repartimos por mitad y listo. No sé, eso de matar gente no me gusta, recuerde que yo tengo educación religiosa. También ha sido guerrillero, refutó Índice. Porque me dijeron que era para hacer una sociedad más justa, me justifiqué. Igual, usted no va a matar a nadie, va a manejar la moto; la plata del muerto es la mía y la plata de la logística es la suya, aclaró Índice. Eso me suena más, dije, nos dimos la mano y nos abrazamos y, al otro día, ya habíamos robado una moto y estábamos en las lomas de Manrique aprendiendo a manejarla. ¿Así que le prestó plata a su yerno y el man no quiere devolvérsela?, preguntó Índice al primer cliente que apareció. No solo eso, el abusivo usó la plata para comprar un apartamento, enredó a mi hija para que las escrituras quedaran a nombre de él, la abandonó y se instaló ahí a vivir con una novia que tenía de antes de empezar a salir con mi hija, contó el viejo. Eso huele a estafa, dije. Ese hijueputa se merece que le demos piso, soltó Índice y recibió el anticipo. Del yerno estafador pasamos a matar a un carnicero que se propasaba con las niñas del barrio, a una viejita que se había dejado convencer por unos malandros de hacerse un seguro de vida y ponerlo a nombre de ellos, y a un celador que andaba encamándose con la mujer del dueño del edificio que cuidaba. La fama de nuestro buen servicio se asentó y empezaron a hacernos mejores encargos: matar jaladores de carros que robaban en barrios donde se lo tenían prohibido, darles piso a atracadores de banco que hacían mal las cuentas en el momento de repartir el botín, a expendedores de drogas que no les cumplían con los pagos a los proveedores o a jefes de pandillas que se negaban a integrar sus pelaos a las filas de bandas más grandes y poderosas. A estos manes nunca los alcanza una bala, contó Lázaro Jaramillo, un lavador de dólares al que habíamos liberado de un cliente que había puesto en sus manos demasiado dinero, a Rumiante, un narco que iba en ascenso y empezaba a tener problemas con otros mafiosos y con la ley. Rumiante nos miró de arriba abajo mientras mascaba con calma los chicles que habían servido para que le pusieran ese apodo y, al final y sin sacarse el chicle de la boca, preguntó: ¿se le miden a matar un fiscal que anda jodiéndome la vida? Claro, nos le medimos, contestó Índice. Al man lo cuidan quince guardaespaldas, unos que le puso el gobierno y otros que le pusieron los mafiosos que no quieren que yo les haga competencia, explicó Lázaro. Acercarse a la víctima y no fallar disparo es nuestra especialidad, contestó Índice. Rumiante volvió a mirarnos, nos dio la mano como si fuera un político y nos dijo que Lázaro se encargaría de los detalles y el anticipo. Fue un golpe épico: Índice, para demostrar su puntería, mató al fiscal de un solo tiro y yo, en lugar de huir en dirección opuesta a los guardaespaldas, me fui de frente contra ellos, los atropellé con la moto y, cuando los manes se recuperaron de la sorpresa y se reacomodaron para dispararnos, ya habíamos volteado la esquina y nos perdíamos en medio del tráfico de la autopista. Si trabajan solo para mí, tienen una plata fija al mes y un pago adicional por muerto, propuso Rumiante, que, además de líos con las mafias para las que trabajaba el fiscal muerto, tenía problemas para proteger los embarques de droga y el dinero que recibía como pago por ellos. ¿Qué dice?, le pregunté a Índice cuando Lázaro y Rumiante salieron de la habitación donde estábamos para que él y yo pudiéramos hablar con tranquilidad y decidir sobre la oferta de trabajo que nos estaban haciendo. Este man va para arriba, nosotros podemos subir con él, contestó Índice. Pero tiene demasiados enemigos, dije. Mejor, más trabajo para nosotros, dijo Índice. Tiene razón, dije y, apenas Lázaro y Rumiante volvieron a entrar al cuarto, aclaramos un par de detalles del acuerdo y nos dimos la mano y brindamos con aguardiente para cerrarlo.

Al trabajo y a los ingresos fijos les siguió el amor. Así que usted es el socio del que tanto habla mi hermano, dijo la hermana de Índice el fin de semana que nos fuimos a La Pintada a celebrar nuestro ascenso en el mundo del crimen. Sí, debo ser yo, contesté y me puse rojo y me empezaron a temblar las manos. ¡Ay, tan lindo, es un hombre tímido!, dijo ella y me acarició el pelo. Tímido y virgen, dijo Índice que se había ido a comprar cerveza, pero justo regresó en ese momento. ¿De verdad, virgen?, añadió la hermana de Índice y pasó de acariciarme el pelo a acariciarme la cara. Pues sí, no me enamoro fácil, dije en un intento de justificar que, pasados los veinte, siguiera virgen. Sí ve, tiene que estar enamorado para echarse un polvo, se burló Índice. ¡Ay, no, qué ternura!, dijo la hermana de Índice y me dio un beso en la frente y yo pasé del sonrojo y el temblor en las manos a empaparme de sudor por la mezcla de excitación y vergüenza. Un placer,

Leidi, se presentó la hermana de Índice y pasó del beso en la frente al beso en la mejilla. Un gusto, contesté. Quiero saber más cosas de usted, ¿me acompaña a la piscina?, preguntó Leidi. Vamos, balbuceé y ella se quitó el pareo que la envolvía y el bikini me dejó claro que, además de tener un pelo largo y bien cuidado, unos ojos color miel que parecían estar hechos con las primeras luces del amanecer y unos labios carnosos y siempre húmedos, tenía un cuerpo tallado con dedicación en el gimnasio y al que, además, ya había dado algunos retoques un cirujano plástico. Las horas que siguieron no las recuerdo bien, estaba tan nervioso y asombrado por las sonrisas, los juegos en la piscina y las insinuaciones de Leidi que solo tengo imágenes sueltas de aquella tarde; fue como si alguien me hubiera llevado de repente al cielo, pero, en lugar de hacerme seguir, solo me hubiera dejado mirar por una ventana pequeñita. ¿Me quedé dormido?, le pregunté a Índice al otro día cuando desperté y fui a buscarlo a su habitación. Sí, güevón, mi hermana y las amigas se pusieron a darle trago y usted empezó a contar unas historias todas raras y ellas le dieron más trago a ver qué más contaba y, cuando menos se dieron cuenta, usted estaba roncando y no hubo poder que lo despertara. ¿Y qué dijo Leidi? ¿Pues qué iba a decir? ¿Qué? Otra noche más que este man se queda virgen. ¡Qué pena, no debí venir a este viaje!, dije. Al contrario, ya es hora de que le pierda el miedo a las mujeres. Si fuera tan fácil…, murmuré. Igual, de esta ya no se salva; cuando mi hermana quiere algo, lo coge y listo, dijo Índice. No sé qué hacer, dije. Solo déjese llevar, Leidi es práctica y sabe manejar los tiempos; lo importante es que usted le gustó, así que ahora, además de socios, somos cuñados, sonrió Índice. No habíamos acabado de hablar, cuando Leidi y las amigas golpearon la puerta. ¿Se puede?, preguntó Leidi. Ahí lo tiene, dijo Índice y me señaló. ¿Nos acompañan a desayunar?, preguntó una de las amigas de Leidi. No nos gusta desayunar solas. Ya bajamos, dijo Índice y ellas sonrieron y salieron del cuarto. Los huevos, las arepas y el chocolate estaban deliciosos, pero más sabrosos estuvieron la coquetería en la piscina, la bandeja paisa que almorzamos para retomar fuerzas, la caminata de sobremesa por las calles y los alrededores de La Pintada, las cervezas que tomamos en un bar de la plaza y el baileto que armamos de vuelta al conjunto vacacional. Índice había contratado con antelación un grupo vallenato y a un diyey que tomó el relevo a los vallenateros cuando estaban tan borrachos que era imposible que se mantuvieran de pie en el escenario. Esta noche no se me va a escapar, dijo Leidi mientras se apagaban los últimos ecos de la fiesta y ella y yo estábamos sentados junto a una ceiba en un rincón apartado del balneario. Sonreí lleno de miedo, pero decidí hacerle caso a Índice y fluir; ella me agarró de la mano y me condujo por los senderos del conjunto y los pasillos del hotel hasta la habitación que ocupaba con las amigas. ¿Dónde están las demás?, pregunté apenas entramos y vi las camas vacías. Cada una con lo suyo, contestó Leidi y se quitó el vestido. Al ver que había quedado paralizado, Leidi me jaló hacia la cama, me quitó la pantaloneta y empezó a acariciar mi sexo. En la piscina no la tenía así de muerta, dijo Leidi al ver que mi verga era incapaz de responder a sus estímulos. Aparté un poco a Leidi y me senté en la cama. Yo me excito fácil, pero, cuando llega la hora de la verdad, no funciono, confesé. Entiendo, dijo Leidi y volvió a acercarse y me abrazó. ¿Qué es lo que le pasa en realidad?, preguntó. Pasa que, además de impotente, ni siquiera soy virgen, solté. Más detalles, pidió Leidi. Hubo una época que estuve en un orfanato en Bogotá y ahí me hicieron de todo, conté. Leidi me volvió a acariciar la verga flácida. De aquí en adelante, eso no cuenta, lo que cuenta es lo que yo le voy a enseñar, dijo. No creo que llegue el día en que sea capaz de hacerle el amor, predije. No se preocupe, ya me han tocado casos como el suyo, contó Leidi. ¿Verdad? Si supiera..., dijo Leidi y me abrazó. Nunca le había contado esto a nadie, dije. Al final, en esta vida, siempre llega la persona que lo va a comprender y a hacer feliz a uno, dijo Leidi y se pegó todavía más a mí. La quiero, dije. Yo también lo quiero, dijo Leidi y no solo nos arrunchamos y dormimos abrazados, sino que, a partir de aquella noche, ella y yo nos volvimos una de esas parejas que se lo cuentan todo, se hacen inseparables y se ven siempre felices.

Gracias a Leidi aprendí a besar con pasión, a darse la mano en el cine, a caminar y charlar hasta que atardecía o amanecía y, aunque las pocas veces que intentábamos tirar eran un fracaso, con Leidi supe qué se siente cuando una mujer decide amarlo a uno por completo y dedica cada instante de la vida a alimentar y disfrutar de ese amor. Tanto amor recibía que tuve aún más fuerzas para trabajar con empeño y dedicación y, con Índice, fuimos ganando espacio en la organización hasta convertirnos en dos piezas claves del engranaje que movía los negocios de Rumiante. ¿No cree que ya es hora de que nosotros participemos en un porcentaje de los envíos de cocaína?, le preguntó varias veces Índice a Rumiante en mi presencia, pero él no contestaba, solo seguía mascando chicle y contando sus ganancias. Nosotros merecemos vivir igual que este güevón, soltó Índice un día que fuimos a la finca que Rumiante tenía en las afueras de Medellín a entregarle una remesa de dinero. La verdad, sí, dije mientras miraba la piscina, el ganado, la caballeriza y la pista de aterrizaje que había en la propiedad. Llegó el momento de abrirnos de este tacaño y volar solitos, añadió Índice. Uy, no, yo estoy contento con lo que hacemos; Rumiante nos paga bien, nos respeta y no hay que andar matando gente inocente, solo traquetos que saben que matar forma parte del negocio. Usted es inmortal, pero chichipato, soltó Índice. Puede decir lo que quiera, pero no quiero cambios ni problemas, así estoy bien. ¿Leidi piensa lo mismo? ¿Ella también cree que nosotros debemos seguir siendo soldados y no generales?, preguntó Índice. La verdad, no; ya me ha dicho varias veces que tenemos que arriesgar más en el negocio y crecer. Hasta mi hermana lo tiene claro, el único que duda es usted, señaló Índice. Deme unas semanas para pensarlo, pedí sin recordar que en Colombia, y mucho menos en la vida de mafioso, de lo único que no hay tiempo es de pensar. ¿No ha visto a Índice hacer nada raro?, preguntó Rumiante, al otro día de esa conversación. No, nada, ¿por qué? Ayer revisé junto al contador las cuentas de los últimos meses y falta plata; alguien nos ha estado robando. Me gustaría tener esta conversación con Índice presente, dije. A mí también, pero lo mandé a buscar y resulta que no aparece por ningún lado. Anoche lo dejé en la casa de la nueva mujer. Esta mañana ya no estaba ahí, dijo Rumiante. Mmm, solté. ¿Está del lado de él o del lado de nosotros?, preguntó Rumiante. Estoy del lado de la verdad, contesté yo que, así como había aprendido de las monjas que disfrutar era pecado, también había aprendido del padre Aroldo a responder sin responder. Rumiante, por primera vez en la vida, me miró con desconfianza. Quiero que me traiga a Índice y, de paso, la plata que falta. Está sacando conclusiones precipitadas, dije. Si el hombre acepta entregarse, le perdono la vida, pero si mis otros hombres lo encuentran antes que usted, delo por muerto, dijo Rumiante. Aunque me dio rabia la arrogancia de Rumiante, asentí, me subí en una camioneta que acababa de comprar y me fui a buscar a mi socio. Peiné la ciudad entera, estuve en los metederos en los que era posible que se hubiera escondido, vigilé la casa de la esposa, la de la ex y los apartamentos de varias de sus amantes, pero no había rastro de él. Unos días después, cansado de una búsqueda que me obligaba a trasnochar y a comer a deshoras, decidí ir a almorzar bandeja paisa y a tomarme unas cervezas a El Chicharronero, un restaurante de La Estrella que era algo así como mi refugio secreto. Psss, susurró una voz a mi espalda cuando empezaba a atacar los fríjoles. Volteé a mirar y vi a Frank, un peladito de Manrique al que le habían matado el papá y al que Índice apadrinaba. Entendí que debía seguirlo, así que pagué la cuenta y salí detrás de Frank. Güevón, una semana para venir a comer fríjoles, se quejó Índice apenas cruzamos unas cuantas calles, entramos a unos billares y fuimos a la trastienda del lugar. Pues ocupado buscándolo, expliqué. Ya me encontró, rio Índice. ¿Fue usted? Pues claro, nosotros le cuidamos la vida y la plata a ese hijueputa, nos paga con limosnas y nada que nos quiere dejar participar en el negocio, contestó Índice. Me toca entregarlo, dije. Eso quiero, pero lo vamos a hacer a mi manera, dijo Índice. No creo que podamos hacer nada a nuestra manera, Rumiante anda muy emputado. Mire, hermano, ya hablé con la gente de un par de pandillas, si les damos participación en el negocio, ellos acaban con los hombres que Rumiante tiene buscándome y, desactivados esos malparidos, usted y yo nos encargamos de Rumiante. Uy, no, nosotros no sabemos bien con quién trabaja Rumiante; lo matamos y quién sabe qué enemigos nos hacemos, dije. Nada grande se consigue sin arriesgarse, dijo Índice. ¿Socios?, preguntó Índice y, mientras veía en sus ojos las ganas de guerra, recordé la arrogancia de Rumiante, recordé que, después de mi fracaso como guerrillero, Índice había sido el único que había creído en mí y me dije: aunque esto me parece una locura, no le voy a fallar a este man. ¡Socios!, exclamé y lo abracé. ¡Lo encontré!, va a entregarse, expliqué esa noche a Rumiante por teléfono. ¿Y la plata?, preguntó Rumiante. La va a devolver y dice que está tan arrepentido que hacemos las dos cosas en el lugar que usted elija, contesté. ¿Podemos confiar en esa gonococa?, preguntó Rumiante. Claro, ya entendió que cometió tremendo error, contesté. Dígale que lo espero en la finca y que, si me explica bien lo ocurrido, lo perdono, ordenó Rumiante. Necesito que lleve un arma y me la entregue apenas empiece el tiroteo, dijo Índice cuando lo llamé para contarle la respuesta de Rumiante. ¿Y si nos pillan?, pregunté. No nos van a pillar, contestó Índice. El dispositivo que había montado Rumiante para esperar a Índice impresionaba: había hombres apostados en la carretera de entrada a la finca y alrededor de la casa y pensé que de verdad Índice debía contar con muchos pandilleros o de ahí no iba a salir vivo. Aun así, seguí adelante, camuflé una pistola entre mi ropa y me acomodé en una de las sillas que Rumiante había mandado poner junto a la piscina para reunirse con Índice. Índice apareció, aparcó la camioneta, descargó varios maletines con plata y se los entregó a Rumiante.

¿Por qué hizo eso, mijo, con lo bien que íbamos?, preguntó Rumiante. Usted sabe, patrón: a uno a veces le gana la cabeza, dijo Índice. Lo malo es que esos impulsos se pagan con la vida, dijo Rumiante y sacó un revólver y apuntó a Índice. Esto no fue lo acordado, dije yo y me metí entre Índice y Rumiante. Apártese, esto no es con usted, dijo Rumiante. Retrocedí para que pensara que le estaba haciendo caso y le pasé la pistola a Índice. En ese momento, por la loma asomaron los muchachos de las dos pandillas que habían negociado con Índice y se formó la plomacera. Los hombres de Rumiante, en lugar de rodearlo y protegerlo a él, corrieron a atrincherarse para defender sus vidas del ataque de los pandilleros. Rumiante intentó huir hacia el interior de la casa, pero Índice le vació el cargador de la pistola y, abaleado y convertido en una especie de frambuesa humana, Rumiante se fue de bruces y ensangrentó las aguas de la piscina. Así como Rumiante, fueron cayendo también sus guardaespaldas y, un rato después, la finca ya no era de Rumiante, sino de Índice y mía. ¿Y ahora qué hacemos?, pregunté después de que confirmamos que no quedaba vivo ni un solo hombre de Rumiante y de que vimos cómo huían de la casa hasta las empleadas del servicio. Esperar, contestó Índice y me hizo una seña para que nos sentáramos en los sofás de la sala. Hablé con el comandante de la policía, la gente del ejército y los mexicanos; dicen que, si los pagos y los pedidos siguen llegando a tiempo, ellos no se meten en este lío, dijo Lázaro, el lavador de dólares que nos había presentado a Rumiante, que apareció por allí apenas pasó el tiroteo y quien era en realidad el que había ideado el plan. Pues un brindis y a trabajar, exclamó Índice, fue hasta el bar, sacó tres vasos, les puso hielo y les echó güisqui. ¡Por el futuro!, brindó Lázaro. ¡Por el futuro!, repitió Índice y los tres chocamos nuestros vasos.

Celebré aquel nuevo ascenso profesional invitando a Leidi, que ya era mi novia oficial, a un viaje por Colombia y, lleno de amor e ilusiones, le mostré el mundo en que había vivido cuando era un huérfano despistado y sin plata. Buscamos el hospital de caridad donde había nacido, el convento donde me había criado, la iglesia del padre Aroldo, el orfanato donde había conocido a Chuzo y el lugar exacto en la selva donde Cachama había disparado contra mí. Salvo el orfanato y aquel árbol, nada ni nadie seguía en su sitio y no pude presentarle ni a Sor Francisca ni al padre Aroldo ni mucho menos al desaparecido Chuzo o al escurridizo Cachama. Me siento tan orgullosa de ti..., dijo Leidi, mientras contaba las balas que estaban incrustadas en la corteza del árbol en el que Cachama había intentado ejecutarme. ¿Orgullosa?, pregunté. Tantos sinsabores y dificultades y mira lo bien que te ha ido en la vida, contestó Leidi. Por aquellos días, ya había aprendido a responder a los besos y las insinuaciones de Leidi metiendo las manos debajo de su ropa y restregándome contra ella, y aproveché el momento para volver a hacerlo. Ella me imitó y, por fin, después de casi dos años, sintió que la erección no decaía apenas empezaba a masturbarme. Creo que llegó el momento que estábamos esperando, dijo y se desabotonó el vestido. Pusimos la ropa sobre la tierra y ahí, mientras los grillos y las chicharras empezaban a anunciar que se acababa el día, pude dejar atrás los traumas que cargaba desde el orfanato e hicimos el amor por primera vez. Me siento inmortal, dije cuando reposábamos del orgasmo. Eres el inmortal más dulce y tierno del mundo, dijo ella y me abrazó. A partir de ese instante, ya no recorrimos más lugares tristes, sino que señalábamos puntos en el mapa de Colombia y nos subíamos en la camioneta y viajábamos hasta llegar al lugar escogido. Nos hospedábamos en el mejor hotel posible y, en las camas infinitas y de sábanas blancas de esos hoteles, volvíamos a hacer el amor una y otra vez hasta que yo quedaba agotado. Así nunca nos vamos a poner al día, protestaba Leidi. Aguanto lo más que puedo, me disculpaba yo. Es que, para pichar, la inmortal soy yo, se burlaba Leidi. Extasiados de placer, vimos los ríos, las montañas, los nevados, las selvas y las grandes llanuras del país y, cuando ya sentimos que no había un solo lugar de Colombia que no fuéramos a recordar con amor, decidimos volver a Medellín. Hoy, como es el último día de este paseo, le he preparado una sorpresa, dijo Leidi. ¿Sorpresa?, pregunté. Sí, mire, añadió y sacó un papel y me lo entregó. Revisé el papel, era un registro del orfanato. Míralo bien, pidió Leidi. ¿Veintiocho de julio?, pregunté. Exacto, hemos estado celebrando mal tu cumpleaños, en realidad cumples años en julio, no en junio, dijo ella y, apenas acabó de decirlo, aparecieron Índice, la nueva esposa, Lázaro y los guardaespaldas de ellos y los nuestros. Los camareros del hotel trajeron un ponqué y encendieron las velas que anunciaban mi edad, y los recién aparecidos y Leidi empezaron a cantarme el japi berdi. Me sentí tan feliz que, en lugar de extrañar a las monjitas, a Noemí, al padre Aroldo, a Chuzo e incluso a Cachama, me acordé de los buenos momentos que había pasado con ellos. A la canción le siguió una rumba en uno de los salones del hotel y fueron tantas las felicitaciones, los buenos deseos, los abrazos, los besos y los regalos que creí que había encontrado una familia. Hablaremos de familia cuando empecemos a tener hijos, dijo Leidi. ¿Cuántos vamos a tener?, pregunté. Los que Dios nos mande, contestó ella. ¡Vamos a ser muy felices!, exclamé. ¡Claro que vamos a ser los más felices del universo!, pero debes prometerme una cosa, dijo Leidi. ¿Más promesas?, me quejé. La última, dijo Leidi. A ver, dije yo. Prométeme que siempre vas a estar dispuesto a hacer lo que sea para garantizar la estabilidad y el bienestar de nuestra familia. Eso no tienes que pedírmelo, dije. Prométemelo, insistió ella. Te lo prometo, dije.

Gracias al impulso del amor, los negocios crecieron y, antes de que nos diéramos cuenta, empezamos a ganar tanto dinero que tuvimos que dejar de contarlo y contratar abogados, banqueros y administradores que pusieran orden en esa lluvia permanente de plata. Pero la plata en cantidad, aunque trae muchos lujos y caprichos, también tiene enredos, y no alcanzamos ni a comprar las primeras casas, tierras y negocios cuando a la empresa de exportaciones desde donde trabajábamos llegaron Lázaro, Molano, un senador al que le habíamos pagado la campaña electoral, y Atehortúa, el mayor de la policía que cubría nuestras operaciones. Aquí están varios de los informes que la DEA y la CIA tienen sobre ustedes, dijo Atehortúa y nos entregó un paquete de fotocopias. Índice y yo las revisamos y nos dimos cuenta de que los gringos nos monitoreaban hasta cuando íbamos al baño. Para evitar que esto sea un problema y nos dañe los negocios, tienen que reunirse con el general Martínez, el comandante militar de esta región, dijo Lázaro y nos anotó en un papel el teléfono del militar. Este es el mapa de la zona donde ustedes compran la base de coca y tienen los laboratorios; como pueden ver, es un territorio controlado por la guerrilla, explicó Martínez el día que nos reunimos con él. Nosotros lo miramos asustados, otro más que sabía todo lo que hacíamos. Como imaginarán, ni yo ni el Estado que represento podemos permitir que ustedes sigan financiando a esos comunistas, añadió Martínez. ¿Qué quiere?, preguntó Índice, que tenía muy claro que nosotros no podíamos trabajar si no estábamos sobornando siempre a alguna autoridad. Aparte de un porcentaje razonable de las ganancias para mí, tienen que montar un grupo paramilitar que controle la zona, así están más seguros ustedes y estamos más seguros nosotros, dijo Martínez. Uy, no, yo no me voy a poner a desplazar y a masacrar campesinos, menos en una zona donde tenemos muchos amigos y muy bien organizado el negocio, dije. ¿O sea que prefieren estar aliados con guerrilleros que con el Estado?, preguntó Martínez. No se trata de eso, se trata de no dañar algo que ya funciona bien, contesté. Si pierden nuestra protección, ya no funcionará tan bien, soltó Martínez. Mi socio se precipitó, dijo Índice. Eso veo, dijo Martínez. Díganos con quién hay que coordinar la operación y sacamos a la chusma y nos hacemos con la zona, añadió Índice. Así me gusta, sonrió el general y alzó el teléfono y le pidió a la secretaria que hiciera pasar a un hombre que esperaba en la antesala de la oficina. El hombre, muy amable y querido, nos presentó un plan de acción y, antes de que siquiera pudiéramos recapacitar, habíamos reunido tres mil hombres, los habíamos armado, habíamos contratado instructores gringos e israelitas para que les enseñaran a desplazar, violar, masacrar y controlar territorios mediante infinitas formas de terror. Aquella decisión costó miles de desplazados, treinta masacres y centenares de muertos. Deja de quejarte, que ahora los cultivos y los laboratorios están más seguros, la mercancía se mueve más rápido, las ganancias se han multiplicado y, además, nos van quedando muy buenas tierras y empresas, dijo Índice un día que lamenté la atrocidad que estábamos cometiendo. Es que duele; cuando empezamos a traficar, esta región era un paraíso y ahora hay sangre y cadáveres por todas partes, insistí. La responsabilidad de tanto desastre no es nuestra, es del gobierno, se excusó Índice. No estoy tan seguro de eso, dije. Esto es igual a cuando empezamos en Manrique, usted se encarga de la logística y de la guerra me encargo yo, dijo Índice. Sabía que no era cierto, que esos muertos tarde o temprano me los iban a cobrar, pero decidí aceptar aquella excusa de nuevo y seguí dedicado a ver crecer las inversiones y a convertir en agroindustrias las tierras que robábamos a los campesinos. Pero, entre mejor organizaba las empresas, con más abusos e injusticias me cruzaba. ¿Y si tratamos de hacer algo altruista, algo que no sea una canallada?, pregunté. ¿Algo como qué?, preguntó Índice. Devolver algunas tierras, ayudar a los campesinos a formar cooperativas, montar una fundación para ayudar a parte de las víctimas, propuse. Ya lo había pensado, no crea que usted es el único que a veces no duerme a causa de lo que ve, dijo Índice. ¿Y por qué no me había dicho nada? Primero, porque dar limosna o crear fundaciones es cosa de mujeres y, segundo, porque si nos ponemos a hacer eso y descuidamos nuestros trabajos, se nos cae el negocio. Podemos delegar algunas funciones, dije. A la gente que anda traqueteando y le ha dado por delegar le devuelven el favor con un tiro en la nuca, dijo Índice. Me acordé de Rumiante y asentí. Además, tampoco me sentía capaz de decirle a Leidi que, por culpa de mis cargos de conciencia, las ganancias familiares, en lugar de crecer, iban a hacerse más pequeñas. Olvídese de esas bobadas, que tenemos algo urgente que resolver, dijo Índice. ¿Qué?, pregunté. ¿Se acuerda de una gente que vino a proponernos una sociedad para ampliarnos a las rutas de la Sierra Nevada y la Guajira y les dijimos que no porque aún estábamos asegurando Antioquia y nuestra parte del Caribe? Sí, fue la primera vez que sentí que usted tomó una decisión sensata. Pues fue una mala decisión, esa gente ahora quiere nuestros territorios y nos están saboteando los embarques y estamos empezando a tener problemas para cumplirles con las entregas a nuestros clientes. ¿Atehortúa y Martínez qué dicen sobre eso?, pregunté. Que ellos deben mantener la neutralidad. O sea que están apostando a los dos lados, dije. Tal cual, dijo Índice. ¿Y qué vamos a hacer?, pregunté. Prepararnos para la guerra, contestó Índice, y no había acabado de decirlo cuando sonaron los primeros balazos y estalló la bomba.

Fue brutal, no solo habían puesto explosivos debajo de nuestros carros, sino que, apenas pasó el fragor de la bomba, de entre la humareda salió un grupo de matones que, apoyados por una parte de nuestros guardaespaldas, empezaron a fumigarnos con plomo. Debe haber gente muy grande detrás de este ataque, pensé mientras protegía con mi cuerpo a Índice y mientras él, con la ayuda de los pocos hombres fieles, organizaba la retirada y conseguía que pudiéramos huir. Van a ver esas gonorreas lo que vale que usted tenga un socio inmortal, dije apenas estuvimos a salvo. Sí, toca sacarle provecho a esa ventaja porque nos confiamos y esta gente se nos adelantó, dijo Índice. Una vez que acepta un consejo mío y estuvieron a punto de matarlo, me excusé. Esta gente no nos atacó porque nos hayamos negado a asociarnos con ellos, lo hizo porque nos hemos hecho muy grandes y empezamos a ser peligrosos para sus intereses, dijo Índice. ¿Sabe qué es lo peor?, dije. ¿Qué?, preguntó Índice. Que en ese mismo lugar y a esa misma hora tenía cita con Leidi y, por un momento, pensé que ella podría estar entre los muertos. Menos mal que mi hermana es mala para madrugar, dijo Índice. Menos mal, repetí yo y, por primera vez en la vida, entendí que el amor, a pesar de ser la fuerza de la vida, también es la fuerza que alimenta el odio, la venganza y el crimen. Pistoleros de ciudad nos quedan muy pocos, toca traer gente de la que tenemos arrasando el campo, dijo Índice que, apenas se quitó el polvo de la ropa, ya estaba planeando el contraataque. Atehortúa y Martínez nos reunieron hace unos días y nos pidieron mantener la ofensiva en la región y no meternos en guerras de ciudad, dijo Rolando, el hombre que comandaba nuestro frente paramilitar. Nosotros somos los que les pagamos, aclaró Índice. Dejar a la tropa sin salarios sería dejar expuestos los cultivos de coca y los laboratorios, y eso los dejaría a ustedes sin financiación para la guerra, explicó Rolando. O sea que Atehortúa y Martínez están jugando del otro lado, dijo Índice. ¿Y Lázaro?, pregunté. Ya hablé con él y me dijo que está atento a nuestras instrucciones, dijo Índice. Podría mandarles los pocos que tienen experiencia en la ciudad, pero no pueden ser muchos para que Martínez no se dé cuenta de que le estoy desobedeciendo, dijo Rolando. Nada de eso, usted tiene razón; mientras se asegure de que la mercancía sigue saliendo, está bien, dije. ¿Qué se le ocurrió?, preguntó Índice apenas se fue Rolando. Esa gente tiene más tropa que nosotros y mejores contactos con la policía, los militares y los políticos; eso significa que es gente acomodada, y a la gente acomodada, como decía Pablo, lo que toca hacer es incomodarla, dije. Eso sí se puede hacer con poca gente, sonrió Índice. Mande, por medio de Lázaro, una oferta de tregua para ganar tiempo y pongámonos a recopilar información sobre dónde viven y por dónde se mueven esos malparidos y sus familias, propuse. Índice ordenó esconder las amantes y las familias, puso en movimiento a los hombres que nos quedaban y, a los pocos días, ya teníamos información suficiente sobre el cartel de narcos que manejaba la parte más grande del negocio en Colombia y que, como tenían tanto dinero y venían de familias poderosas, vivían sin esconderse y haciéndose pasar por

59

agricultores, ganaderos, industriales y hasta empresarios del mundo digital. Toca ir con cuidado, igual esa gente es difícil de sorprender, dijo Índice. No necesitamos sorprenderlos, soy inmortal, puedo entrar donde quiera, ninguna bala me puede detener, dije. ¿Qué sigue entonces?, preguntó Índice, que me veía tan furioso que había dejado la planificación del contraataque en mis manos. Que nuestros comandos les ataquen los negocios y las empresas y, apenas ellos intenten responder, me les cuelo en las casas y les dejo claro que tenemos un arma imposible de contrarrestar. Perfecto, dijo Índice y, esa misma noche, ordenó el ataque y la quema de concesionarios de coches, de distribuidoras de productos agrícolas, de casas de grandes haciendas, de oficinas empresariales, de casinos y centros de apuestas y de sedes políticas. Como esperábamos, ellos respondieron atacando también nuestras empresas y, a esa ofensiva, respondimos con mi entrada a las mansiones de los jefes y, como habíamos aprendido en las campañas de terror en el campo, con amenazas en las paredes de las salas y las fachadas de esas casas. Ese man es inmortal, explicó Martínez a nuestros enemigos y, aunque en un primer momento se rieron, al final, de tanto oír a sus pistoleros decir que a mí no me entraba un disparo, terminaron por creerlo. La leyenda de que podíamos entrar donde quisiéramos, y que no habíamos empezado a matar hijos y esposas de nuestros enemigos porque éramos gente decente y en realidad buscábamos la paz, hizo que Índice encontrara pistoleros dispuestos a apostar por nosotros. Empezamos a ganar posiciones en la guerra, fuimos matando a los comandantes militares de esos peces gordos y, algo crucial en una guerra, a aquellos que habían estado con nosotros y que nos habían traicionado. Los muertos pusieron las cosas en su sitio y, como la plomacera estaba afectando los negocios, nuestros enemigos nos llamaron a firmar una tregua y a retomar las negociaciones para asociarnos. Era solo para saber si valía la pena darles la oportunidad, soltó Abello, la cara pública de la mafia que había querido acabar con nosotros, cuando nos reunimos con él. ¿Y qué, vale la pena dárnosla?, preguntó Índice. Claro, por eso estamos aquí, dijo Abello, y llevaba instrucciones tan claras que no fue difícil acordar quién hacía qué, cómo se repartían las ganancias y quiénes se encargaban de la seguridad y quiénes de los contactos y las relaciones con los militares, la policía y los políticos. De los gringos nos seguimos encargando nosotros, dijeron Atehortúa y Martínez. Yo quiero estar en ese grupo, pidió Índice. Va a ser difícil que la gente de la CIA y la DEA acepten esa condición, dijo Atehortúa. No compliquemos el acuerdo, esos contactos los hacen mejor las autoridades, dijo Abello. Al menos intentémoslo, pidió Índice. Lo intentaremos, dijo Abello. ¿Tenemos un acuerdo?, preguntó Abello. Tenemos un acuerdo, un acuerdo Inmortal, dijo Índice y todos soltamos la risa y nos dimos la mano.

Para compensar el tiempo que me tocó mantenerla escondida y, lo más importante, para proponerle matrimonio, invité a Leidi a recorrer el mundo. Había comprado un avión al que le dábamos poco uso y esa era la oportunidad de justificar el gasto y de que Leidi disfrutara de los arreglos que ella misma me había sugerido hacer en el interior del aparato. Estuvimos en Madrid, Londres, París, Berlín y otro montón de ciudades llenas de palacios, museos y jardines y también atravesadas por ríos tranquilos y silenciosos. Tanto rey, tantas princesas y tanto frío me tienen aburrida, se quejó Leidi. ¿Dónde quieres ir?, pregunté. Quiero cumplir un sueño de mi infancia, contestó. ¿Cuál? Ver canguros, soltó Leidi. Más se demoró en decirlo que yo en parar un taxi, pedirle que nos llevara al aeropuerto donde estaba el avión y ordenar al piloto que cogiéramos rumbo a Australia. Fue un trayecto largo, pero valió la pena porque pudimos hablar con calma de la primera etapa del viaje, ver películas y dormir abrazados como lo habíamos hecho en la camioneta cuando recorrimos Colombia. Aparcamos el avión en un aeropuerto en las afueras de Sidney, alquilamos una camioneta, la llenamos de comida y agua, marcamos un destino que estaba en el centro del continente australiano y pisé el acelerador con la curiosidad de saber dónde terminaba la carretera infinita que apareció frente a nosotros. Lo que hace la cocaína, mire dónde estamos, dijo Leidi cuando llevábamos varias horas de trayecto. No es la cocaína, es el amor, dije. Mi vida, siempre tan dulce, pero conozco muchas parejas que se aman tanto o más que nosotros y no han podido dar la vuelta al mundo. Tal vez no se aman tanto como nosotros, dije. Podría ser, dijo Leidi y sonrió y yo aceleré y ella se soltó el cinturón de seguridad y se acomodó de medio lado en la silla mientras afuera el sol empezaba a caer y hacía todavía más misteriosa aquella tierra. Esto era justo lo que quería, dijo Leidi cuando paramos en un hotel campestre en el que, en lugar de habitación, nos dieron una cabaña, donde se veían ir y venir los canguros de un lado para otro. Tienes razón, esto está más chévere que esos hoteles llenos de lámparas de cristal y meseros tiesos y malacarosos de Europa, dije. Siempre me ha dado miedo que una lámpara de esas me caiga encima y me mate o me deje toda cortada, contó Leidi. Aquí no hay de esas lámparas, pero sí hay mucho zancudo, mucho bicho y mucha culebra, dije. Igual que en la finca de mis abuelos, apuntó Leidi. Podemos hacer como Pablo, subir unos canguros al avión y soltarlos en la finca de tus abuelos. No, aquí están bien; además, como fuiste previsor y compraste el avión, podemos venir a verlos cuando queramos, dijo Leidi. Ese cuando queramos me hizo acordar de una cosa, dije y me levanté y fui a buscar el anillo de compromiso que tenía escondido en la maleta. ¿Te quieres casar conmigo?, pregunté después de arrodillarme y abrir la caja del anillo. Mi respuesta es más que una palabra, dijo Leidi, y esta vez fue ella la que buscó algo en su cartera. Aquí la tienes, dijo y me entregó el resultado positivo de una prueba de embarazo. ¡No puede ser!, exclamé de la felicidad y ella me hizo levantar y me besó. Estuvimos ahí abrazados, apretándonos como si fuera posible que nuestros cuerpos terminaran por fundirse, y, cuando entendimos que aquel milagro no iba a ocurrir, ella me soltó, se puso el anillo y me volvió a abrazar. Alcé la cara, vi la inmensidad de la tierra y las sombras de los pocos canguros que seguían por ahí y pensé que nunca había estado tan lejos de casa, pero nunca me había sentido tan cerca de estar en mi hogar.

No seguimos paseando y viendo lugares y animales raros porque mientras viajábamos los negocios seguían creciendo y, como ya éramos parte del grupo de narcos más duros de Colombia, Índice me mandó a llamar para una reunión donde íbamos a acordar detalles del negocio que servirían para organizar mejor la logística, bajar gastos y modernizar el negocio. Por esos días, en parte porque Leidi me lo decía a cada momento y en parte porque nada ciega más que el poder, perdí la humildad y me dejé llevar por la ambición y los sueños de grandeza y andaba eufórico e imaginaba que, por mi condición de inmortal, no solo me iban a nombrar jefe, sino que iban a darme la mayor tajada del negocio. Soñaba con tener muchos hijos con Leidi y fundar una especie de monarquía que hiciera que mi nombre perdurara con el paso de los siglos. Te vamos a dar un billete para que te retires, dijo Índice cuando ya estuvimos reunidos. ¿Cómo así?, pregunté sorprendido. Como lo oyes; hemos estado hablando y nadie aquí quiere ser socio contigo, así que te vamos a pagar lo que quieras para que te retires. ¿Por qué?, insistí. ¿No lo entiendes? No, la verdad no. Porque eres inmortal. ¿Y acaso eso no ha sido la gran ventaja?, pregunté. Para ascender y ganar las guerras sí, pero para hacer negocios no. ¿Por qué? La cocaína no es negocio para inmortales, en esto uno debe matar y debe poder ser asesinado para que funcione, un inmortal desequilibra el sistema. Me dio una rabia la hijueputa, que tal el güevón, zafándome después de todas las veces que le había salvado la vida, me dije y saqué la pistola, pero más demoré en apuntarle que los guardaespaldas, mejor dicho, mis antiguos compañeros, en saltar sobre mí, desarmarme y amarrarme para poderme neutralizar. Perdónanos, hermano, pero ninguno de nosotros estaría tranquilo si no te retiras, insistió Índice. Podemos dejarlo amarrado en una caleta el resto de la vida o soltarlo si promete cumplir lo que acordemos, porque una cosa es ser inmortal y otra muy distinta ser libre, dijo Martínez que, como había ascendido en el ejército y había sabido jugar sus cartas con el narcotráfico, mantenía el trabajo de coordinador entre nosotros y los intereses del gobierno, la DEA y la CIA. Piensa en tu mujer y en el hijo que está esperando, podrás vivir con ella en el lugar del mundo que quieras, tener a tus hijos lejos de todos estos torcidos, vivir tranquilos y en paz, dijo Atehortúa que seguía siendo el coequipero de Martínez. Les propongo una cosa, dije. ¿Qué?, preguntó Abello. Como dejar de ser narco es tan bueno, retírense ustedes y yo les pago, si yo soy el único dueño del negocio nadie se sentirá amenazado, solté y ellos se miraron los unos a los otros. Este man no solo es inmortal, sino que es muy ingenioso, dijo Abello. Olvídese de esas pendejadas y acordemos el precio; si suma la indemnización a las propiedades que ya tiene, va a necesitar mil vidas para gastarse esa plata, dijo Atehortúa. No, mi única oferta es ser el jefe; si no, pues vamos a la guerra, yo soy inmortal y, por más que me amarren, que me entierren, que hagan lo que hagan, yo siempre volveré para joderlos a ustedes o a sus hijos o nietos o bisnietos, dije. Tal vez nos estamos precipitando, ¿por qué no nos tomamos unos días para pensarlo y volvemos a reunirnos?, dijo Índice. Nada de eso, en esta carpeta están las propiedades que le cedemos, los números de las cuentas bancarias en el exterior donde está la plata que vamos a pagarle para que desaparezca y listo; si este man quiere otra guerra, guerra tendrá, exclamó Abello. Recuerde que el Estado nunca pierde, dijo Martínez. Le va a caer todo el peso de la ley, añadió Atehortúa. No compliques las cosas, dijo Índice. No voy a ceder, insistí. Ya saben lo que tienen que hacer, dijo Abello, y los manes que me tenían amarrado me arrastraron, me sacaron de la casa donde se estaba llevando a cabo la reunión, me desataron y me tiraron la carpeta a los pies. Me quedé mirando esos rostros duros, de gente dispuesta a volverme a amarrar y meterme en quién sabe dónde, y decidí que no era el momento de enfrentarlos y cogí la carpeta, la tiré en el asiento del acompañante, subí en la camioneta y salí de allí.

Quedé tan humillado y lleno de odio que decidí ir hasta una caleta en la que escondíamos armas, munición y explosivos, hacerme un cinturón bomba, volver al lugar de la reunión, explotarlo y demostrarles a esos malparidos quién era el jefe. Amor, ¿puedes venir urgente a casa?, tengo hemorragia, dijo Leidi por el teléfono cuando iba en dirección a la caleta. Sentí tanto miedo de que fuera grave y pudiéramos perder el bebé que di media vuelta y cogí rumbo a casa. Pero había tanto trancón que Leidi tuvo tiempo de llamarme de nuevo, contarme que ya la había recogido una ambulancia y que era mejor que fuera directo al hospital. Un aborto espontáneo, el cuerpo no resistió el embarazo, dijo un médico con cara de niño, que además añadió que la habían sedado y que debía esperar unas horas si quería visitarla. No tuve más remedio que obedecer; así que me instalé en la sala de espera y, mientras dejaba pasar las horas y miraba por la ventana ir y venir a Medellín, recapacité y decidí que era una tontería pelear por el poder de una red de mafiosos, que ya la vida me había dado lo más importante, que eran el amor y una familia, y que me iba a dedicar el resto de la vida a disfrutar de esa bendición. No quiere hablar con usted, explicó el médico cuando, al amanecer del día siguiente, pregunté si ya podía verla. ¿Cómo así?, pregunté. Dice que llame al hermano para que venga, la recoja y la lleve donde la mamá, y que lo mejor es que usted aproveche estos días que ella va a estar fuera para que recoja sus cosas y se vaya de casa, añadió el médico. No puede decir eso, estamos casados, dije. Entiendo, pero, por el estado en el que está la paciente, mi deber es respetar su voluntad y no alterarla, dijo el médico. Pasada una semana y después de mucho rogarle, Leidi aceptó que fuera a casa de mi suegra. Perdóname, pero fui una ingenua, mis amigas sí me advirtieron que no me fuera a enamorar de ti ni mucho menos intentar tener hijos contigo, que tú eras raro, que corrían rumores de que estabas embrujado y te rodeaban energías oscuras, explicó Leidi. Tú sabes cuál es la verdad, repliqué. A estas alturas, ya no sé nada, solo sé que de pronto me dio un ataque muy raro y perdí mi bebé, dijo ella. La miré sin saber qué decir. Tú estabas tan desvalido y fuiste tan lindo y tierno conmigo que me enamoré e intenté que fuéramos pareja, pero mira, todo fue en vano, no solo perdí el niño, sino que casi me desangro y me muero. El médico dijo que es una situación normal, podemos seguir juntos, intentarlo de nuevo. Eso dice el médico porque no sintió lo que yo sentí, dijo Leidi. Solo estás asustada, dije. Yo presentía que había algo antinatural en el feto, pero nunca lo dije porque rezaba y le pedía a Dios que me ayudara, que me demostrara que todo eran paranoias mías, pero ni rezar me sirvió, siguió contando Leidi. Entiendo que el dolor te hace pensar en estas cosas, pero nosotros nos queremos, hemos hecho una vida juntos, tu amor me ha llevado a sentir cosas que nunca imaginé, lo que debemos hacer es seguir adelante. No, no me pidas eso, quiero curarme y seguir mi vida, pero no contigo, dijo ella. Leidi, por favor, supliqué. Puede que digas la verdad y que haya sido una decisión del Divino Niño la que te hizo inmortal, pero eso no significa que yo deba aceptar que tú seas el papá de mis hijos, añadió Leidi. Mira, he renunciado a la vida de mafioso, ahora me puedo dedicar por completo a ti y a la familia que formemos. Sí, Índice me contó que te dejaron fuera. No me dejaron fuera, acepté salirme para estar a tu lado y hacerte feliz. Es que contigo todo es una cagada, dijo Leidi. ¿Cómo así?, pregunté. Contigo ni siquiera la vida diaria funcionaría. ¿La vida diaria? Sí, ponte a imaginar, ¿una para qué quiere un marido inmortal?, ¿para que todo el mundo lo mire raro y mire raro a los hijos? No digas eso. Y, además, para que una se vaya poniendo vieja y al marido no le salga ni una arruga, eso sería horrible. Guardé silencio, sorprendido por las palabras de Leidi. ¿Cómo se lo va una a explicar a la gente, cómo se lo va a explicar a los mismos hijos?, no, ¡qué pereza!, terminó y, por la forma como me miró, supe que, además de quedarme sin trabajo, me había quedado sin familia. Tú bien sabes que tú eres la única mujer con la que yo puedo tener intimidad, dije desesperado. Yo no tengo la culpa de que seas inmortal, pero incapaz de evitar que te violen, soltó Leidi. No seas cruel, le pedí. No intento ser cruel, intento ser clara. El otro día una amiga me dijo: es que ese man es como un mulo, el más fuerte de la especie, pero estéril. No metamos a tus amigas en esto, es una decisión de los dos, pedí. Hasta mi mamá me dijo: tarde o temprano ese hombre te va a hacer daño, una mujer tan buena y bonita como tú no debe andar con gente que carga con energías diabólicas, prosiguió Leidi. Tampoco creo que se trate de lo que diga tu mamá. Es que lo que piensen mis amigas o piense mi mamá se trata de mí, dijo Leidi. Perdona, no quería incomodarte. Vete, hazme ese favor, déjame superar el dolor de perder el niño sin tener que fingirte amor, pidió Leidi, y lo hizo con tanta tristeza y desencanto que fui incapaz de negarme, y no solo eso, sino que contuve las lágrimas hasta que salí de aquella casa, me subí en la camioneta y estuve en la autopista.

Hay vacíos tan grandes que llenan por completo; perder el amor de Leidi me dejó sin motivos ni fuerzas para vivir o planear proyectos; así que reorganicé el portafolio de propiedades, pasé a mis cuentas bancarias el dinero de la indemnización que me habían entregado y, como a pesar de ser multimillonario, no se me pasaban ni la tristeza ni el resentimiento, viajé a Bogotá, al Veinte de Julio, al santuario del Divino Niño, para pedirle cuentas al Dios. Ese fue mi primer viaje solo y a toda velocidad por Colombia, una velocidad que no solo estaba en las ruedas del carro, sino en mi cabeza, donde la rabia, el desamparo y las ganas de venganza se daban codazos para ver cuál sería la más rápida en doblegarme. Incómodo y sudando me metí entre el gentío, atravesé la plaza, entré a la iglesia y, como en verdad no sabía nada del Dios que me amargaba la vida, decidí que antes de hablar con él iba a escuchar la misa. Me senté en una de las bancas, puse atención, pero no oí nada que me diera luces sobre la relación de los hombres con los dioses y, mientras ese nuevo desencanto me envenenaba aún más, acepté dar la paz a un par de güevones que había a mi lado, vi al cura dar la bendición final a los fieles y vi a la gente empezar a salir de la iglesia. Cuando ya no quedaba nadie, me acerqué al pedestal en el que estaba la estatua del Divino Niño y empecé a reclamarle; le dije que no quería ser inmortal, que quería tener la oportunidad de ser normal, poder hacer negocios, poder tener amigos, poder tener una mujer que me quisiera sin temores y poder tener un hogar y unos hijos. No, tú eres mi profeta, contestó la estatua. Yo no quiero ser profeta, por ser inmortal perdí a mi papá, perdí a mi mamá, perdí a mis benefactores, perdí a mis amigos, perdí mis negocios y hasta perdí a la mujer que amaba; ser inmortal en Colombia más que una bendición es una maldición, la peor de las maldiciones, reclamé. Debes tener paciencia, los designios de Dios son inescrutables, añadió el Divino Niño. La actitud amable y el tono cariñoso de la voz me llenaron de más rabia, ¿qué se creía ese niñito, que me destruía la vida y me iba a tranquilizar con palabrería de cura de pueblo? ¡Qué va!, qué inescrutables ni qué mierda, grité y alcé un bate que llevaba conmigo para que viera que incluso estaba dispuesto a destruir la urna de cristal que lo protegía y, si era necesario, destruirlo también a él. Pero el Divino Niño, en lugar de mirarme asustado, me miró con dulzura. Ten cuidado, el dinero y el poder te han vuelto soberbio, soltó. Furioso, golpeé el vidrio con el bate, pero la urna era de vidrio templado y resistió sin fisura el primer golpe. Me acomodé para golpear aún más fuerte y volví a mirar desafiante al Divino Niño, pero, en lugar de oír alguna palabra de sus labios, oí las voces a mi espalda que gritaban ¡blasfemo, blasfemo! y sentí cómo me agarraban de la ropa, me tiraban al suelo, me arrastraban por el atrio de la iglesia y, una vez fuera, empezaban a patearme. La tunda fue terrible: si no hubiera sido inmortal, esos golpes me habrían matado; pero lo cierto es que la gente se cansó de pegarme y yo quedé con fuerzas para levantarme, sacudirme el polvo, acomodarme la ropa y mirar los ojos enardecidos de los fieles del Dios. De nuevo, tuve la tentación de la venganza, pensé ir hasta el carro, coger un par de armas que guardaba allí, volver a la plaza y demostrarle a esa gente y al Divino Niño que a mí tenían que tratarme con cuidado y respeto. Pero, al ver el tamaño de la multitud, entendí que tendría que matar a mucha gente solo por darme un capricho de mafioso. Así que preferí dar la espalda, caminar hasta el final de la plaza y, aunque la gente aún me seguía y me increpaba, antes de subirme en el carro me giré para dar una última mirada al santuario. Apenas lo hice, la imagen inocente del Divino Niño apareció en el campanario de la iglesia, volvió a mirarme con ternura, sonrió e, incluso, me picó el ojo. A pesar de que me arriesgaba a otra golpiza, alcé el puño y dije: ya verás, muchachito malcriado, esto no se va a quedar así, no voy a ser tu profeta, ni voy a permitir que sigas jugando con mi vida...

Como no tenía un lugar donde ir ni donde me esperara alguien, me puse a vagar de nuevo por Colombia; ya no a pie sino en la camioneta. Pero, en lugar de sentirme mejor, el morral lleno de billetes y la posibilidad de comprar lo que quisiera me hicieron sentir todavía más solo y miserable. Intenté llenar el vacío existencial con la velocidad y manejaba como poseído por el diablo y ya no veía los bellos paisajes que había visto con Leidi, sino una película a gran velocidad cuando, en el cruce de una carretera de Santander, se me atravesó un viejo y, para no atropellarlo, di un cabrillazo que mandó la camioneta fuera del asfalto y la obligó a tumbar una cerca, dar varias vueltas sobre un pastizal y quedar como una cucaracha patas arriba. Aunque el viejo era un desplazado y cojeaba por culpa de un tiro que le habían dado los paramilitares, corrió a ver qué me había pasado, me ayudó a destrabar la puerta, a soltar el cinturón de seguridad y a salir justo antes de que el motor de la camioneta se incendiara. Perdóneme, es que ya no oigo bien y por eso crucé sin darme cuenta de que usted venía por ahí, dijo el viejo mientras veíamos arder la camioneta. Revisé sus ojos cansados, pero aún llenos de preocupación por los demás, y pensé que ese hombre podría ser incluso víctima de alguna de las órdenes que Índice y yo dábamos cuando queríamos quedarnos con alguna tierra. No se preocupe, dije y, apenas se nos pasó el susto, le propuse que buscáramos una manera de llegar a un sitio donde hubiera algo que comer y donde dormir. ¿Es una invitación?, preguntó el viejo. ¡Claro!, exclamé. ¿Puedo confiar en usted?, preguntó el viejo. Me acaba de sacar de una camioneta que iba a estallar, contesté. Sí, pero el accidente fue por mi culpa, dijo el viejo. Lo importante es que, en lugar de dejarme botado, me ayudó, dije y cerré la discusión. Aquí adelante hay un caserío, ahí podemos conseguir quien nos lleve al pueblo, dijo el viejo. Unas horas después, ya nos habíamos contado la vida, nos habíamos hospedado en un buen hotel, nos habíamos comido unas buenas bandejas paisas y nos habíamos tomado unas cuantas cervezas. Conozco un brujo al que le podría consultar sobre ese asunto, dijo el viejo, que se había tomado con naturalidad mi historia y que además estaba feliz de haber encontrado un poco de compañía. Vamos a verlo, dije. No es tan fácil, dijo el viejo. ¿Por qué?, pregunté. Ese brujo vive en Curumaní, mi pueblo, y si me ven por allá me matan, contestó. ¿Dejó culebras en ese pueblo? Míreme bien, ¿cree que estoy huyendo por culebras? Lo observé y tropecé con las manos callosas de tanto labrar la tierra, la piel curtida por el sol y la mirada perdida de quien ha sido desterrado de su familia y su hogar. Vamos, yo respondo por su vida, dije. Nadie puede responder por mi vida, pero, tal vez, lo mejor es hacerle ese favor a usted y ya quedarme en el pueblo para que me maten. No diga eso, dije. Mejor que me maten en mi pueblo y no morir solo y desamparado en alguna de estas carreteras, añadió. Vamos, no pensemos más en la muerte, que ese tema me amarga, dije. Es verdad, no poder morirnos nos tiene jodidos a los dos, sonrió el viejo y se subió a una camioneta que me acababan de enviar del concesionario de Medellín donde siempre compraba los carros. Nunca pensé que me tocaría estrenar un carro así de lujoso, dijo el viejo mientras se ponía el cinturón de seguridad. Ni yo que andaría por este mundo consultando brujos, dije yo mientras cerraba la ventana y prendía el aire acondicionado.

El brujo era un cincuentón con barriga de buda y mirada de policía corrupto que tenía un local donde hacía amarres de amor, daba consejos sobre negocios, predecía el futuro y vendía aguas de colores que servían hasta para espantar una invasión de extraterrestres. Con una buena limpia le quito esa maldición, dijo lleno de seguridad apenas le hice la consulta. Intentémoslo, dije. Sí, pero le costará una buena plata. Por eso no hay problema, dije y el brujo sonrió y me hizo pasar a un cuarto oscuro y sin ventanas en el que había un catre, una tina de madera, una estufa, una olla grande, una mesa llena de manojos de hierbas y en el que las paredes estaban decoradas con fotos de santos populares, imágenes gnósticas y fotos del brujo más joven y vestido con una corona de plumas. El brujo puso a hervir agua en la estufa y le echó los manojos de hierbas; apenas el agua tenía un olor rancio y un color verdoso la echó en la tina, me hizo desnudar y me pidió que me metiera en ella. Le hice caso y me acurruqué y dejé que me echara agua en la cabeza al tiempo que repetía unas oraciones y me golpeaba con los manojos de hierbas. El zumbido interminable del brujo, el humo del incienso y un bebedizo que me dio en medio del ritual me dejaron medio borracho y, cuando recibí el último golpe con las hierbas y me enjuagó con agua limpia, sentí que me había quitado un gran peso de encima y me eché en el catre a dormir. ¿Será que funcionó?, pregunté al viejo al otro día, cuando desperté. Espero que sí, contestó. Ojalá, dije. Así al menos tiene la misma esperanza que yo, la de que alguien lo mate y lo cure de tanto ir de un lado para otro, dijo el viejo. Saqué una caja de cigarrillos, le ofrecí uno al viejo y fumábamos tranquilos cuando oímos gritos en el local del brujo y, como salimos a ver qué pasaba, nos encañonó un grupo de hombres. ¿Y estos quiénes son?, alcancé a preguntarle al viejo. El paraco que me echó del pueblo y sus sicarios, contestó él. Se cayó el cargamento, dijo el paraco al brujo y sacó una motosierra del estuche en el que la llevaba. Debió ser que sus enemigos le pagaron a un vidente con más poder, se defendió el brujo. Esa parte no la mencionó cuando me aseguró cuál era el mejor día para enviar la droga. Porque yo controlo mi poder, pero no el poder de los demás adivinos. ¡Qué más poder ni qué mierdas!, exclamó el paraco. No le puedo decir otra cosa, yo vi esa cocaína convertida en billetes, añadió el brujo. Eso seguro, el general que me la confiscó ya la habrá vendido. Sí ve, dijo el brujo. Ya le había advertido que si me volvía a fallar yo mismo venía y lo picaba, dijo el paramilitar y encendió la motosierra. Mientras el motor arrancaba y las cuchillas empezaban a girar, a mí se me ocurrió que esa era la oportunidad de saber si la limpia había funcionado y le di una patada al matón que me amenazaba y, de un salto, me interpuse entre el paraco y el brujo. ¡Quítese si no quiere que también lo pique!, exclamó el paraco. Este hombre está bajo mi protección y no voy a permitir que lo mate, solté en plan superhéroe. El paraco lanzó la motosierra contra mí, pero las cuchillas no alcanzaban ni a rozar mi piel cuando la motosierra se trababa y tenía que alejarla para que volviera a funcionar. Mátenlo, ordenó el paraco desesperado, pero ninguno de sus hombres le hizo caso; los que no me miraban con cara de tontos, ya estaban huyendo. El brujo quedó mudo y con los ojos como platos y el viejo sonrió triunfante. ¡Muchas gracias!, exclamó el brujo apenas el paraco se dio por vencido y huyó detrás de sus hombres. No debí hacerlo, usted es un farsante y un mentiroso, dije. No lo entiendo, es la limpia más poderosa que he hecho en mi vida, dijo el brujo y pasó de estar arrodillado a los pies del mafioso a estar arrodillado a mis pies. ¡Charlatán!, exclamé y fui hacia la habitación donde estaban mis cosas para cogerlas y marcharme de allí. Déjeme agradecerle que me haya salvado la vida, dijo el brujo cuando volví al local. No debí haberlo hecho, insistí. Pero ya lo hizo, dijo el viejo. ¿Qué hago?, le pregunté al viejo. El viejo, que seguía feliz, como si ver un milagro lo hubiera salvado de todas las penas que arrastraba, decidió darme otro consejo. Escúchelo, de verdad está agradecido con usted, contestó. Hay un chamán, un hombre que conoce los secretos de la naturaleza, estoy seguro de que él puede ayudarle, dijo el brujo. ¿Le creo?, le pregunté de nuevo al viejo. Claro, le está dando una esperanza, contestó el viejo. ¿Dónde está?, pregunté. La última vez que supe de él vivía en Puerto Asís, tendría que ir hasta allá. ¿Va conmigo?, le pregunté al viejo. No, yo me quedo. ¿Seguro? Seguro, ya estoy cansado y, además, siento que ya vi lo último que tenía que ver en este mundo, ya estoy listo para que me maten, dijo el viejo.

De nuevo me refugié en la velocidad, no era solo que atravesaba el país como un loco en aquella camioneta, sino que mi cabeza no paraba de competir con el carro y apenas quedaba espacio para que entendiera lo que indicaban las señales de tránsito o alcanzara a frenar cuando se atravesaba algún obstáculo en la carretera. Dos días después, entré a Puerto Asís y el calor, la humedad del trópico y la música invadiendo las calles me aceleraron aún más los pensamientos y ni siquiera el silencio de la noche, cuando la ciudad se detuvo y la magia de la selva volvió a posarse sobre ella, logró tranquilizarme. Esta es la casa, pero él no está, se fue al monte a hablar con el jaguar y a recargar energía, dijo, al otro día, Otilia, la mujer cercana a los cincuenta y de mirada serena que abrió la puerta en la dirección que me había dado el brujo. ¿Cuándo vuelve?, pregunté. Nunca se sabe, a veces regresa a los pocos días, a veces demora meses en volver, contestó la mujer. No puedo esperar tanto, exclamé. Si ni siquiera sabe esperar, no le va a servir de mucho hablar con él, explicó Otilia. Es de vida o muerte, insistí. Entre, invitó Otilia y me llevó hasta el patio de la casa y me ofreció una hamaca. Ya le traigo un jugo, dijo. Ayúdeme, estoy desesperado, le insistí a Otilia después de tomarme el jugo. Puedo decirles a mis hijos que lo acompañen a buscarlo, pero no es seguro que lo encuentren, el jaguar no lo lleva siempre por el mismo camino, explicó Otilia. Prefiero estar en movimiento que quedarme quieto y sin saber cuándo va a volver su esposo a esta casa. Otilia fue a buscar un celular y llamó a sus hijos. Ya vienen, dijo apenas colgó. Los muchachos resultaron ser un par de gemelos de veinte años; uno tenía la misma mirada tranquila y minuciosa de Otilia y apenas si me saludó; el otro, por el contrario, desbordaba entusiasmo y curiosidad y me estrechó la mano con camaradería. Eso sí, ambos tenían el pelo cortado a estilo militar y vestían bluyines desteñidos y llenos de agujeros, camisetas estampadas y collares y pulseras de oro. Nos gustaría acompañarlo, pero tenemos compromisos aquí en el puerto, explicó el entusiasta; lo hizo más para iniciar una negociación que para negarse a hacer el trabajo. Pagaré lo que me pidan, dije. No es solo un asunto de plata, dijo el gemelo silencioso. ¿A cuánto asciende la oferta?, preguntó el entusiasta. Abrí el maletín donde llevaba la plata y saqué un fajo de billetes. A esto, o al doble de esto o al triple de esto, a lo que ustedes digan, solté. Guarde esa plata, no me gusta que nadie venga a mi casa a dañarles el corazón a los muchachos, me regañó Otilia. Nosotros lo llevamos y usted arregla el precio final con mi mamá cuando estemos de vuelta, dijo el entusiasta. Otilia asintió, le hizo una señal al gemelo silencioso y, una hora después, los tres caminábamos rumbo al muelle. Pensé que íbamos en una lancha de motor o, al menos, en alguno de esos planchones, dije cuando vi a los gemelos cargar las maletas y las provisiones en una canoa. Si usamos motores para ir a buscarlo, menos lo vamos a encontrar, dijo el que hasta ese momento había permanecido callado. Subí en la canoa, los dos muchachos empezaron a remar y cogimos río abajo; el sol se ocultó y el cielo dejó caer sobre los árboles la mezcla exacta de azules y naranjas que se necesitaban para que llegara la noche. Apenas estuvo oscuro, nos acercamos a una playa, comimos, los gemelos colgaron chinchorros en los árboles de la orilla y se echaron a dormir. Mientras ellos roncaban, me senté en el borde del río y me puse a oír la selva. El rumor de la corriente y los ruidos que hacía el viento al pasar entre los árboles me hicieron acordar de mis años de guerrillero y, ya iniciada esa ruta, de mi largo historial como sicario, narco y paramilitar. ¿Qué tenía que ver la vida criminal que había llevado con el Divino Niño y con mi inmortalidad?, me pregunté y, como siempre, no se me ocurrió ninguna respuesta; solo sabía que estaba perdido, sin amigos ni amor y en busca de un chamán que lo más probable es que fuera un farsante más. Me sentía triste y derrotado, pero, a diferencia de lo que me había pasado las últimas semanas, mi cabeza empezaba a tranquilizarse, tanto que, después de ver unas dantas y un grupo de jabalís acercarse a la orilla del río a beber, me eché en el chinchorro y pude dormir. Estuvimos tres días, dejando que nos llevara la corriente del río Putumayo, preguntando por el Chamán en los caseríos indígenas y avanzando según las señales que nos iban dando los indios. Es mejor devolvernos, esta gente solo nos da señales contradictorias y así podemos estar meses, dijo el gemelo que menos hablaba. No nos vamos a dar por vencidos tan rápido, igual el hombre paga, dijo el entusiasta. Sigamos, aquí en la selva tengo algo de paz, en Mocoa me mataría la desesperación, dije. El que no hablaba me miró con desconfianza, pero asintió. ¿Hizo algo muy grave?, preguntó el hablador. No sé si necesito ayuda por las cagadas que he hecho o por los caprichos de un dios, contesté. Meterse con dioses solo trae enredos, dijo el que casi no hablaba. Si es un problema con un dios, mi papá no le podrá ayudar mucho, él ayuda a la gente que tiene problemas consigo misma, dijo el que más hablaba. ¿Y si no es uno el que se mete con los dioses, sino ellos los que se meten con uno?, pregunté. Si quiere saber cómo se comportan los dioses, agárrese duro de la canoa y rece, porque detrás de nosotros viene un aguacero y está a punto de alcanzarnos, contestó el que menos hablaba, y no había terminado de decirlo cuando se desató la lluvia y lo hizo tan rápido y con tanta intensidad que, antes de que pudiéramos alcanzar la orilla, la corriente arrebató los remos a los gemelos y la canoa se volteó. Intenté nadar junto a los muchachos para llegar a la orilla, pero un tronco de madera que arrastraba el río me pegó en la cabeza, quedé zombi y empecé a hundirme. Apenas recuperé la conciencia, abrí los ojos y fue peor mi confusión porque, en lugar de peces, empecé a ver brazos y piernas sin troncos y, entre tantos pedazos de cadáveres, cabezas de los campesinos que Índice y yo mandábamos matar. Estaban ya medio podridos, pero las caras conservaban los ojos y esos ojos me miraban con miedo mientras los brazos se aferraban a mí y lo que quedaba de sus bocas me pedía clemencia. No debí aceptar que Índice mandara matar, picar y echar a los ríos tanta gente, pensé y, como entendí que aquel accidente no era casual, me entregué a la pesadilla y me dejé arrastrar por el agua y los muertos. Un rato después pasó la lluvia, bajaron las aguas y quedé atrapado en las raíces de un árbol; ver el sol me dio ánimos, pude soltarme del árbol, alcanzar la orilla y echarme a pasar el susto y el cansancio en una playa. Estaba tirado en la arena, un poco más tranquilo, oyendo a unos pájaros, cuando vi el jaguar; me observaba, curioso y, aunque suene raro decirlo, sonriente. Tremenda sorpresa se va a llevar este animal cuando vea que no puede comerme, pensé y de nuevo cerré los ojos para entregarme al destino. El jaguar se acercó y me olfateó, pero, en lugar de atacarme, me agarró por un pie y empezó a arrastrarme hacia el interior de la selva.

Desperté en un chinchorro que colgaba de los horcones de una maloca y, al revisar el lugar, vi cómo la luz del sol rompía con fiereza la penumbra y hacía brillar el barro que cubría las herramientas, carretillas y machetes amontonados junto a la puerta. ¿Así que usted es el Inmortal?, preguntó un hombre de unos sesenta años que entró de repente en la maloca. ¿Cómo lo sabe? El jaguar me lo dijo, contestó el hombre. Qué raro, a mí no me dijo nada, anoté. Hay que saber escuchar, dijo el hombre. Y, usted, ¿es el Chamán?, pregunté. El mismo, contestó. ¿También es el jaguar? Somos y no somos el mismo, dijo el Chamán. ¿Y sus hijos? Se le adelantaron, ya comieron y están descansando, contestó el Chamán. No entiendo nada, dije. No hay nada que entender, dijo el Chamán. Me quedé en silencio y volví a revisar la maloca: había unos bultos junto a las herramientas y más chinchorros colgando de las vigas que sostenían las palmas del techo. Hacía tiempo que no veía un inmortal, soltó el Chamán. ¿Es que hay más?, pregunté. No faltan, hay algunos sueltos por ahí, contestó. ¿Y me puede ayudar? Está difícil. No me mate la esperanza tan rápido, pedí. Usted arrastra mucho muerto, dijo el Chamán. Para algo me habrá traído la vida hasta aquí, dije. Por ahora, vamos a comer y se relaja un poco, sugirió el Chamán y me sacó de aquella maloca, me dejó ver que estaba en un pequeño caserío indígena y me llevó al rancho que hacía las veces de cocina comunitaria del lugar. ¿Le gusta?, preguntó el Chamán cuando una mujer me entregó un trozo de pescado puesto sobre casabe. Hacía mucho que no comía de esto, conté. ¿Le gusta o no?, insistió el Chamán. Nunca me ha gustado el casabe, contesté. Es mejor que le coja el gusto, aquí no hay nada más para comer, dijo el Chamán. ¿Me va a ayudar?, repetí. Le voy a dar ayahuasca y, según lo que ocurra, miramos, contestó. No sabía muy bien si tomar ayahuasca iba a servir de algo, pero me sentía tranquilo en aquel caserío y decidí que no tenía nada de malo seguir unos días echado en un chinchorro, dejando diluir el malestar que me había quedado de la inmersión en el río. Fue una buena decisión, pero no paré de soñar con mis padres, y no solo fue extraño tener pesadillas con gente a la que no conocía, sino que quedé desubicado porque sentí que, en lugar de odiarlos, los amaba. Es una señal de que empieza a limpiarse de las malas energías que lo han rodeado estos últimos años, dijo el Chamán cuando se lo conté. Igual, no tiene sentido, dije. Todo tiene sentido, dijo el Chamán con total seguridad y no fui capaz de contradecirlo. Esta noche será la toma de ayahuasca, anunció, tres días después, el Chamán y me dijo que, al anochecer, fuera a la maloca y me sentara allí junto a los indígenas que también habían ido para la ceremonia del yagé. Obedecí, el Chamán apareció con una corona de plumas y la cara y el cuerpo pintados, y el indígena de mirada dura que me había acompañado los últimos días se convirtió en una figura imponente, tanto que hasta miré hacia los lados a ver si volvía a aparecer el jaguar. Prendieron una hoguera en el centro de la maloca, empezaron los cánticos del Chamán y, por primera vez en la vida, la música, que tanto gustaba a mis amigos y a la que yo no le ponía mayor atención, cobró algo de sentido para mí. Después de que los cánticos nos llevaran a un estado de expectación y fe muy profundo, uno de los ayudantes del Chamán cogió una pequeña totuma y nos fue dando a beber una porción de yagé. Era un jarabe horrible y pensé que algo sagrado no debería saber tan feo, pero igual me lo tomé, cerré los ojos y me volví a concentrar en los cánticos a ver si de verdad el yagé hacía algún efecto. Al principio no sentí nada, pero, un rato después, entré en una especie de trance y, en lugar de las ideas y los recuerdos que llenaban de confusión mi cabeza, en ella había una pared negra e infinita. No sabía si entregarme a aquella oscuridad o forzar de nuevo los recuerdos y los pensamientos, cuando unas luces fluorescentes empezaron a juguetear sobre la pared. Me dejé entretener por esa especie de miniteca interior hasta que apareció el jaguar, rompió la pared con sus garras y por los orificios empezó a colarse una luz blanca que me llenó de paz. Así pasaron las horas, entre instantes de fiesta adolescente e instantes de paz, hasta que, al amanecer, volvieron a mi cabeza las caras de los muertos del río y sentí náuseas y empecé a vomitar y lo hice con tanta violencia que parecía que, esos últimos días, no hubiera estado comiendo casabe, sino carne de los muertos del río. Quedé exhausto, indefenso ante mi propio agotamiento y debilidad, como si yo fuera un terrón de arcilla y me hubieran pasado un arado por encima y no me quedara más posibilidad que desmoronarme. Tan débil estaba que fui el último en salir de la maloca, pero, cuando me enfrenté al sol, los sonidos y los colores de la selva, supe que el yagé tenía un poder inmenso porque no vi la naturaleza como un obstáculo a superar y dominar como creía cuando estaba en la guerrilla, sino como un lugar donde se podía vivir sin enfrentarse a ella ni destruirla. ¿Lo conseguimos, soy mortal?, pregunté al

Chamán. Aún no, contestó. ¿Por qué? Le advertí que el yagé no lo iba a volver mortal, solo lo invité a la ceremonia para que aprendiera un poco más sobre usted mismo. Estoy jarto de mí, no quiero aprender más de alguien que me desespera, confesé. Un hombre debe asumir su destino, no evitarlo, dijo el Chamán. Lo que en verdad necesito es recuperar mis amigos, mis negocios, recuperar a Leidi y poder amar y ser amado. Durante la toma, uno de nuestros dioses me dio un mensaje que le puede ayudar. ¿Nuestros dioses?, pregunté. Sí, el Divino Niño no ha sido siempre el dueño de estas tierras; antes hubo otros que mandaban y siguen mandando aquí, añadió. ¿Qué le dijeron esos viejos dioses?, pregunté. Que usted no perderá su condición de inmortal hasta que entienda el valor de la vida y se lo enseñe a la gente de Colombia, contestó el Chamán. No hice este viaje tan largo ni terminé vomitando así de feo para que sus dioses me dijeran lo mismo que me dijo en Bogotá el Divino Niño. A veces los dioses pelean entre ellos, pero otras veces respetan las decisiones de las demás deidades, explicó el Chamán. Además, no tengo idea de cómo hacer eso que me están pidiendo, confesé. En eso tampoco le puedo ayudar, es una labor que está más allá de las fuerzas y la imaginación de cualquier hombre, dijo el Chamán. Es injusto que me pidan hacer algo para lo que no estoy preparado. Solo podría darle un pequeño consejo. Dígame. Empiece por hacerse consciente del mal que ha hecho, usted ha desviado demasiado su camino. De eso soy consciente, más ahora después de lo que vi en el río y de la toma de yagé. Siga con sus rutinas y vuelva el día que el corazón le diga que conoce el valor de la vida, ese día podré ayudarle, explicó el Chamán. Me quedé en silencio, volví a mirar a la selva, y las plantas y los animales me miraron entre serenos y sorprendidos, como si fuera uno de ellos que se había ido de viaje y estuvieran a la espera de que me tranquilizara y empezara a contarles mis aventuras.

El regreso fue en la misma canoa, por aquel río silencioso, con la brisa pegándome en la cara, los dos gemelos mirándome, uno en silencio y con desconfianza y el otro desesperado por que le contara detalles de mi vida. Tres días en canoa que me sirvieron para seguir conectado con la naturaleza y en los que me sentí dentro de un organismo experto en conciliar la vida con la muerte y que parecía insinuarme que debía imitarlo si quería superar el pasado y encontrar el lugar que buscaba en el mundo. Con un puñado de esperanza en el corazón llegué a Puerto Asís y ni la agitación de las calles ni el ruido de los motores ni la música a todo volumen me alteraron; una pieza se había movido dentro de mí y parecía haber puesto un poco de orden dentro del caos. Espero que le haya ido bien con mi marido, dijo Otilia apenas me acomodé en la hamaca del patio. Estoy más tranquilo, pero ni resolví el problema principal ni tengo la menor idea de cómo hacerlo, confesé. En esta vida, los cambios necesitan ingenio y sacrificio, apuntó Otilia. Me quedé en silencio, revisé un papayo que tenían en el patio, el mango en el que estaba colgada la hamaca, unas materas llenas de hierbas aromáticas y un par de bicicletas oxidadas que debían haber sido de los hermanos cuando eran niños. ¿Qué es lo que debe hacer para resolver su problema?, preguntó Otilia. Dizque aprender el valor de la vida y enseñárselo a Colombia. Los hombres siempre tan fantasiosos, se burló Otilia. No me interesa nada de eso, dije. Usted es más sabio que mi marido, no entiendo para qué lo andaba buscando, volvió a reír Otilia. ¿Qué hago?, pregunté. Tal vez no tenga que hacer nada, solo ser honrado y decente, dijo Otilia. No creo que sea tan sencillo, dije. Yo, cuando tengo problemas, organizo una huerta y me dedico a luchar por que las matas crezcan sanas, contó Otilia. No entiendo qué es lo que me quiere decir. Escoja una tierra, haga una casa sencilla, siembre unos frutales, cuídelos hasta que los vea florecer, propuso Otilia. Necesitaría una mujer para hacer algo así. Los hombres son unos inútiles, siguió burlándose Otilia. Pues sí, un poco, acepté. ¿No tiene una mujer?, preguntó Otilia. Tenía una, pero perdimos un bebé y me cogió fastidio, conté. ¿Todavía la quiere?, preguntó Otilia. La pienso cada segundo, contesté. Vaya a verla, de pronto ha cambiado de opinión, dijo Otilia. Me da miedo que vuelva a rechazarme. Así lo rechace, ella va a valorar que le insista, dijo Otilia. ¿Seguro? No solo debe aprender el valor de las cosas sencillas, también debe aprender a amar sin esperar que le correspondan, añadió Otilia. Uy, me lo está poniendo muy difícil, solté. De pronto, pero así son las cosas, dijo Otilia. Tiene razón, voy a ir a hablar con Leidi, dije y busqué la maleta, saqué un fajo de dinero y se lo entregué. Ella llamó a los gemelos y, apenas llegaron, partió el dinero en dos y le entregó la mitad a cada uno. Yo no quiero esa plata, debe estar maldita, dijo el gemelo silencioso. La quiera o no la quiera, la plata es suya, guárdela, ordenó Otilia. Estamos para servirle, dijo el gemelo hablador y se metió su parte al bolsillo. Ojalá le vaya bien, su mujer lo perdone y encuentre respuestas, me deseó Otilia mientras me acompañaba a la puerta. Aún no sé bien qué ocurrió estos días, pero confío en que me sirva para resolver mi vida, dije. ¿Quiere un último consejo? Claro. Hágase usted mismo cargo de su vida, no se deje llevar por la corriente, que ya vio que la corriente solo lleva muertos, dijo Otilia. Pues sí, dije y ella me abrazó y se quedó mirándome desde la entrada de la casa hasta que crucé la calle, me subí en la camioneta y arranqué.

Manejé tranquilo, sin acelerarme, cuidando la paz que traía de la selva, y confirmé que algo había cambiado dentro de mí porque empecé a ver la pobreza que me rodeaba, los niños haciendo malabarismos y pidiendo plata en

ticia, repetí. Ahora dice eso, pero apenas dejemos pasar los carros desaparece, dijo la muchacha. Sí, debe ser otro que viene a sabotear nuestras peticiones, dijo uno de los padres de familia y varios de ellos se me vinieron encima, me tiraron al suelo y empezaron a patearme. Me tapaba la cara para evitar que me quedara llena de morados cuando sonó un disparo y uno de los hombres que me golpeaban cayó muerto a mis pies. La presencia de la muerte hizo que dejaran de pegarme y los estudiantes y algunos adultos rodearon al caído. ¿Por qué se presta para ayudar a que nos maten, nosotros solo estamos reclamando algo que nos deben hace muchos años?, preguntó la muchacha con lágrimas en los ojos. Los policías avanzaron y el comandante de ellos me arrastró y me sacó de la carretera. Es mejor que se vaya o el siguiente muerto va a ser usted, dijo el comandante. No, yo puedo ayudar, insistí, pero el hombre me entregó a dos de sus hombres y estos me empujaron y me tiraron en un potrero. ¡Ya hubo un muerto!, gritó alguien mientras yo me arrepentía de mi intento de ayudar y caminaba en busca de la camioneta. Esta gente no entiende de otra manera, dijo un camionero. En un momentico estará despejada la vía, dijo el chofer de un bus. La imagen del maestro cayendo muerto encima mío y la alegría que sentían los choferes de los carros porque la policía estuviera despejando la vía me hicieron sentir como un ingenuo y un imbécil. De verdad quedé muy sensible por culpa del yagé, pensé mientras me sentaba en la camioneta. Pasados unos minutos, abrieron el paso y vi a los estudiantes y maestros y padres de familia rodeando al cadáver y vi cómo los carros pasaban junto a ellos, curioseaban y después aceleraban para seguir el camino. Nunca debí meterme de sapo, pensé. Lo mejor era olvidar las palabras del Chamán y no intentar nada; no tenía sentido querer comprender el valor de la vida en un país donde uno levantaba una piedra y encontraba un sicario, concluí y, apenas apareció un restaurante, aparqué y entré a ver si comer algo me tranquilizaba. Me sirvieron una bandeja paisa, pero no pude ni probarla, así que pedí una cerveza y la primera se convirtió en la segunda, la segunda en la tercera e iba por la cuarta cuando empezó el noticiero en la televisión. El presentador explicó que la protesta que había visto formaba parte de una huelga nacional, que había desórdenes en muchas regiones y que el gobierno, en lugar de negociar con los manifestantes, había militarizado el país. Después, una periodista informó que la violencia estaba desbordada y que los manifestantes acusaban a la policía de detener a los líderes de las protestas, torturarlos, matarlos y tirar, como escarmiento, las cabezas de esos líderes en las entradas de los barrios. Lo mismo que hacíamos Índice y yo en el campo, pero ahora es en las ciudades, pensé mientras el noticiero pasaba a la parte de los deportes y después a los chismes de las reinas de belleza, las modelos y las estrellas de la televisión. Está difícil aprender el valor de la vida en este país, reflexioné y supe que la armonía y los buenos consejos que estaba intentando cuidar iban a durar muy poco; que pronto volverían la rabia, el malestar y la angustia. Y que, para completar mi desgracia, seguía siendo inmortal y me esperaba una eternidad viendo en Colombia siempre los mismos abusos, desigualdades y violencias.

Volví a la carretera con la ilusión de ver a Leidi, le explicaría lo que estaba viviendo y hasta me ilusioné con que ella iba a valorar mis esfuerzos, a entenderme y a volver conmigo. Sin parar ni una vez, atravesé Nariño, El Cauca, El Valle, La Zona Cafetera, Antioquia y llegué a Medallo. Uy, hermano, y eso, ¿qué lo trae por aquí?, preguntó Índice nervioso cuando aparecí en una de las fábricas que tenía como tapadera de los millones y millones que ganaba con la cocaína. No es fácil olvidar a los amigos, contesté. Pensé que estaba furioso conmigo. Estoy triste, confesé, y verme mostrar debilidad puso aún más nervioso a Índice. Mi viejo socio y amigo me miró con desconfianza, me agarró del brazo y me llevó a un lugar solitario de la fábrica. No es bueno que esté por aquí, mucha gente se puede incomodar. ¿No le alegra que venga a verlo? Yo lo aprecio, hermano, pero las circunstancias nos separaron, dijo. ¿No vamos ni siquiera a charlar un rato y a tomarnos una cervecita? Es mejor que no nos vean juntos, insistió Índice. ¿Por qué?, ya acepté retirarme y no le he puesto problema a nadie. Lo sé, pero la

95

gente es muy paranoica, explicó Índice. Entiendo, dije. No es nada personal, es solo prudencia, añadió él. Bueno, me voy, dije y le extendí la mano. Él apenas si la apretó y sentí su mirada en mi espalda mientras recorría la bodega, salía al parqueadero y me subía en la camioneta. No pensé volver a verte tan pronto, dijo Leidi y le vi en los ojos la misma desconfianza que a Índice. Hay algo que quiero decirte. ¿Qué? Que he decidido dedicar mi vida a encontrar una cura, que no voy a parar hasta volverme mortal y, así, recuperar tu amor y, de paso, la amistad de tu hermano. Leidi me miró aún con más desconfianza. ¿No te alegra oírlo? Claro que me alegra, aunque..., dijo ella y fingió una sonrisa. ¿Aunque qué? No creo que sea tan fácil conseguir que te vuelvas mortal, es la voluntad del Divino Niño, dijo. Para algo debe servir tanta plata que me quedó, dije. Y tampoco es tan fácil volver la vida atrás, dijo ella. ¿Ya no me quieres? No es eso. ¿Entonces? Ay, ni entiendo esta visita ni entiendo que me estés presionando así, se quejó. Pensé que te alegrarías de que existiera la posibilidad de recuperar nuestro amor. Uno no puede vivir de posibilidades, dijo Leidi. ¿Hay otro hombre? No. Tienes razón, tal vez me precipité a volver. Ven, dijo Leidi y dulcificó un poco la expresión de la cara, me agarró de la mano y me llevó al sofá. Apenas estuve sentado, caminó hasta la cocina, me trajo un jugo de mango y se sentó a mi lado. Todavía te quiero, me hace falta sentir que llegas en las noches, que te metes en mi cama, que me abrazas, dijo. A mí me pasa lo mismo, dije. Pero, también, todavía sueño con el bebé que perdí y todavía me siento culpable de haberte elegido a ti como posible padre de ese niño, añadió. Apenas deje de ser inmortal se te acabarán esas dudas y podremos volver a viajar juntos y haremos el amor una y otra vez hasta que te quedes embarazada de nuevo, solté. Oírte decir eso no me tranquiliza, me altera, dijo Leidi. ¿Por qué, si es algo con lo que los dos soñamos? Tal vez tú, por ser inmortal, no entiendes el paso del tiempo; yo fui muy feliz a tu lado, pero ahora siento que fueron años perdidos y pensar en volver a hacer lo mismo me aterroriza, explicó Leidi y se le empañaron los ojos. No, yo venía a traerte una esperanza, no a entristecerte. Es que me entristece lo que pasó y me entristece más que no me entiendas, dijo ella llorando. Perdóname, le pedí. Yo te perdono, pero déjame respirar, déjame olvidar, déjame volver a ser yo misma, exclamó. No te preocupes, haré eso que me pides, yo te amo, dije. No repitas más que me amas, pidió ella. ¿Quieres que me vaya? Es lo mejor, dijo ella. Me levanté, caminé hasta la puerta, volteé a mirarla y me despedí moviendo la mano. Ella sonrió entre lágrimas y también se despidió.

Las conversaciones con Índice y Leidi me dejaron muy aburrido, nunca había tenido un amigo con el que hubiera compartido tantas cosas, nunca había amado a una mujer y era lógico que la ruptura de la relación con ellos me hiciera un hueco por dentro, más después de haber tomado yagé y haber quedado desarmado ante mis propios sentimientos. Para no causarles más problemas, me subí en la camioneta, mi única compañera fiel, y salí de Medellín, y de nuevo no me detuve hasta no sentir que estaba en un pueblo donde, si algún mafioso me veía, no iba a sospechar de ellos. Así no me comprendan, debo cuidarlos, pensé mientras entraba a una finca que tenía en Dabeiba. No iba a ser fácil vivir en una casa que había mandado construir bajo las indicaciones y los caprichos de Leidi, pero no se me ocurría un lugar mejor donde refugiarme. Para no darle espacio al aburrimiento ni a la tristeza, me integré a los trabajos de la hacienda y, cuando no estaba manejando el tractor, estaba ayudando a limpiar potreros o a vacunar y ponerle sal al ganado. Yo de usted no trabajaría hombro con hombro con los campesinos, van a terminar por perderle el respeto, dijo una noche Yon, el administrador de la finca. ¿Por qué lo dice?, ¿ha oído algo raro?, pregunté. No, es solo mi experiencia; si sigue trabajando al lado de ellos, esta gente va a empezar a pensar que es igual a usted y ya no van a cumplir ni sus órdenes ni mucho menos las mías. Soy uno más de ustedes, dije. Como quiera, patrón, mi deber era advertirle y ya lo hice, dijo Yon y se despidió. Me quedé en el portal de la casa mirando la piscina, los jardines, oyendo la noche, revisando las estrellas, y presentí que no iba a durar mucho en ese lugar. La cuota para la seguridad de la hacienda son trescientos millones al bimestre, me dijo unos días después Rolando, el comandante paramilitar que había arrasado aquella región bajo las indicaciones de Índice. Lo entiendo, conozco sus costos, pero no puedo pagarle porque tengo claro que esa plata, más que para seguridad de mis tierras, es para matar inocentes, dije. La seguridad es la seguridad, usted sabe que, si uno no mata y mantiene asustada a esta gente, se le levanta. No se le olvide que hasta hace unos pocos meses yo era su jefe, dije. Sí, pero ya no lo es, usted ahora es un hacendado más, ni siquiera eso, por lo visto, un campesino más, dijo Rolando. Hablaré con Índice, dije. No hay problema, pero que sea pronto, en estos temas debemos ser estrictos, dijo Rolando. Lo sé, dije y le señalé la puerta. Nos vemos pronto, dijo Rolando y se despidió. Le dijimos que se retirara, no que se volviera un pendejo, dijo Índice cuando le comenté lo ocurrido con Rolando. No voy a financiar la muerte de más gente, dije. Esa es su decisión, pero, si no paga, no le daremos seguridad, exclamó Índice y cerró la conversación. A partir de esa charla, lo que había sido una relación armónica con los trabajadores se empezó a enturbiar; las horas de trabajo se llenaron de silencios y varios de los empleados de confianza renunciaron para irse a trabajar a otras haciendas. La gente se está empezando a sentir insegura; si los paras no nos protegen, nos puede asaltar la guerrilla y, si los guerrilleros no se atreven a hacerlo, será el mismo Rolando el que nos ataque, dijo Yon unas semanas después. Pues organicémonos y nos defendemos, a eso sí estoy dispuesto, dije. Usted propone eso porque, si la situación se complica, se va a otra de sus fincas o a alguno de los apartamentos que tiene por toda Colombia, pero nosotros no tenemos donde ir, al final seremos los que pondremos los muertos, dijo Yon. Habla con Índice, que intente entenderme, le pedí a Leidi después de aquella conversación con Yon. Lo voy a intentar, pero no te prometo nada, dijo ella. Mientras esperaba que ella intercediera con su hermano, la tensión en la hacienda creció, llegaron amenazas que advertían a los campesinos que quien trabajara para mí sería objetivo militar por colaborar con un traidor. Es mejor que le pagues a Rolando, dijo Leidi unos días después. No voy a hacer eso, insistí. ¿Estás seguro?, preguntó Leidi. Sí. Me parece mal, pero buscaré alguna otra forma de ayudarte, dijo. ¡Qué felicidad verte!, exclamé tres días después, cuando Leidi apareció por la finca, aunque la felicidad se me agrió cuando vi que la acompañaba Rolando. No es una visita romántica, soltó Leidi apenas intenté darle un beso. ¿Me traes noticias de Índice? Más que eso, te traigo una propuesta, dijo y entró a la casa, se acomodó junto con Rolando en uno de los sofás de la sala y fue ella misma la que ordenó a la empleada del servicio que le trajera un güisqui a Rolando y le hiciera una limonada a ella. Escucho, dije. Antes de que empiece a haber muertos en una región que ya está pacificada y progresando, quiero que me vendas la hacienda, yo no tendré ningún problema en pagarle a Rolando y mantener la región en paz. Tú no necesitas que te venda nada, esta finca y esta casa las hice para ti y según tus propios deseos, dije. Por eso Índice pensó que la persona apropiada para quedarse con estas tierras soy yo, dijo Leidi. Miré a Rolando que estaba, tranquilo y sonriente, junto a Leidi. ¿Cuánto me ofreces? Te doy quinientos mil dólares por la finca, dijo Leidi. Quinientos mil dólares por una finca que vale más de diez millones de dólares. Valía eso antes de que tuviera problemas de seguridad; es más, si atentan contra los trabajadores o asaltan la finca, ya no valdrá ni los quinientos mil, dijo Rolando. O sea que primero mandas a Rolando a amenazarme y a acosarme y después vienes a que te regale las tierras, le dije a Leidi. No vuelvas personal un tema de negocios, tú me llamaste para pedir una solución y vine a ofrecértela, dijo Leidi. No puedo creerlo, dije. El problema lo creaste tú, si hubieras seguido pagando la vacuna no estaríamos en estas, dijo Leidi. Además, al negarse a hacerlo, puso en peligro la seguridad y el valor de las propiedades de los demás hacendados, intervino Rolando. Me quedé en silencio, intentando que mi corazón fuera capaz de aceptar lo que estaba haciendo Leidi. Me tomé el atrevimiento de traer los documentos listos, dijo Lcidi y me entregó una carpeta. Y aquí está el dinero, dijo Rolando y me mostró un morral. Cogí los documentos, los revisé, los firmé y se los devolví a Leidi. Toma, dijo Rolando y me ofreció el morral. No se lo recibí. No tenías que haber traído a este matón, te regalo la finca, dije. Ella se quedó en silencio. ¿Cuánto tiempo necesita para desocupar?, preguntó Rolando. Esta misma noche me voy, dije y le di una patada al morral. Fue la única solución que encontramos, dijo Leidi. Igual, si estuviéramos casados, todo esto sería tuyo, dije y se me empañaron los ojos. No sigas mezclando las cosas, pidió Leidi. Cuando te conocí, te arriesgabas por amor, ahora te aferras a la mugre, dije. No es mugre, son tierras, dijo ella; me miró con decepción y lástima, me dio la espalda y se fue.

Me puse a llorar apenas los vi irse y seguí llorando mientras echaba en una maleta algo de ropa, un álbum con las fotos de mis viajes con Leidi y las escrituras y los documentos de propiedades y tierras que seguían siendo mías. Se lo dije, patrón, nunca hay que mostrarse débil ni bajarse del pedestal, dijo Yon. No importa, lo importante es que ustedes van a volver a estar en paz, dije. No creo, estas tierras pasarán al control de Rolando y ese man es muy mal patrón. No me hable de ese hijueputa, dije, y Yon asintió y ya no dijo nada más. Salí al amanecer de la finca, recorrí muy despacio el camino que llevaba al pueblo y, cuando crucé la plaza principal, los hombres de Rolando pasaron patrullando y me dio tanta rabia verlos que aceleré y busqué la carretera de salida. Manejé con más calma que antes de la visita al Chamán, pero no paré hasta llegar a Cartagena, donde tenía un apartamento que había comprado como regalo sorpresa para Leidi una vez que hubiera nacido el bebé. Como no alcancé a entregárselo, no habíamos estado juntos allí y pensé que eso me haría más soportable la estancia. Pero fue peor, la vista del mar me hizo extrañarla como si hubiéramos vivido en ese lugar muchos años, y, como los muebles, los electrodomésticos, la cama, los cuadros y hasta las sábanas y los cubrelechos los había comprado pensando en ella, no podía dejar de verla en todas partes. ¿Por qué son tan importantes Leidi e Índice si tengo la eternidad para amar y para hacer amigos, o es que, además de la maldición de ser inmortal, me toca la maldición de ser un eterno despechado?, me pregunté. Y, como no encontré la respuesta, me puse a tomar, primero cerveza y después aguardiente, y entre más tomaba más aburrido me sentía y me agarró tan duro el aburrimiento que renegué del Chamán, de los consejos de Otilia y empecé a cultivar la idea del suicidio. Tal vez si era yo quien intentaba matarme, podría funcionar. Busqué una pistola de oro que también había comprado para Leidi, sentí su peso a pesar de ser un arma pequeña, vi lo cuidado de las formas, la manera elegante como la habían marcado, la acaricié y me la puse en la sien. Disparé, pero mi cabeza desvió el disparo, el tiro rompió un vidrio y fue a incrustarse en la pared de un vecino. La estaba limpiando y se me disparó, tuve que mentir a los policías que llegaron a investigar el incidente y, además, tuve que pedirle disculpas al vecino y aguantarme un par de instaladores chambones que dejaron el vidrio de reemplazo mal instalado. La nostalgia por Leidi, mi incapacidad para encontrarle sentido a la vida y la decepción por el fallido intento de suicidio me dejaron tan hundido que decidí ir a la droguería, comprarme varios frascos de pastillas para dormir y tomármelas; si no podía suicidarme, al menos podría dormir el resto de mi inmortalidad. Lo estábamos esperando, me dijo un muchacho que, con otros muchachos, estaba sentado junto a la entrada de mi apartamento cuando volví de comprar las pastillas. Por la forma como vestían y la mezcla de vitalidad y paranoia que los acompañaba supe que eran aprendices de narcos. Ya pedí excusas por lo del accidente de la bala, ahora estoy muy cansado y no quiero hablar con nadie, dije. No vivimos aquí, ya quisiéramos, dijo el muchacho que me había saludado. Entonces, menos tenemos de qué hablar, dije. Nosotros sabemos lo que le hicieron Índice y los socios y queremos ayudarlo a desquitarse, dijo otro de los hombres. De esa gente lo que quiero es olvidarme, no necesito que me ayuden a nada. ¿Ni, aunque lo que le propongamos, le ayude a recuperar a Leidi?, preguntó el hombre. ¿Cómo sabe tanto de mí?, pregunté. Cuando un hombre es una leyenda, la gente vive pendiente de su vida, dijo el muchacho. Les doy diez minutos, dije y abrí la puerta para que entraran. Ellos se empujaron para hacerlo y, en pocos segundos, el sofá en el que pensaba hacerle el amor a Leidi mientras mirábamos el mar estaba ocupado por aquellos muchachos. La idea es muy simple: nosotros hacemos un montaje para que Índice crea que los nuevos socios lo están robando y, como el man es bien acelerado, seguro que se va a poner a pelear con esa gente; usted se ofrece para ayudarlo y, como ustedes dos juntos son invencibles, vuelven a ganar esa guerra y Leidi ya no podrá negarse a su amor porque usted le habrá salvado de nuevo la vida a su hermano. Era un plan efectivo, se veía que los muchachos conocían mi vida y mis circunstancias. Ya les dije que no me interesa, pero, si aceptara, hay una falla muy grande en su plan: si los socios matan a Índice antes de que yo pueda intervenir, ya nunca recuperaré a Leidi. Eso también lo tenemos pensado, vamos a organizar un falso atentado, nos llevamos a Índice y lo escondemos hasta que usted se ponga al frente de la guerra, explicaron. Sonreí. Ay, muchachos, lo que hace la ambición, dije. Nosotros, igual que ustedes cuando empezaron, merecemos una oportunidad, dijo el muchacho. ¿Y qué más se supone que debo hacer yo? Mientras avanza la guerra y podamos quedarnos con la cocaína y el dinero y las propiedades de los socios de Índice, necesitamos que usted nos financie. ¿Cuánto necesitan? Dos millones de dólares, dijo el muchacho. ¿Y ustedes creen que tengo ese dinero debajo del colchón? Debajo del colchón no, pero sí en alguna caleta o en algún banco en el exterior. No vamos a hablar de caletas ni de bancos fuera de Colombia, más bien les propongo un trato: les doy doscientos mil dólares y me voy a dormir; si con esa plata ustedes me traen detalles más concretos, lo hacemos, si no, daré ese dinero como una inversión que no supe hacer, me olvidaré del asunto y ustedes se olvidarán de mí. Me parece bien, dijo el muchacho. Espéreme aquí, le dije y fui a la habitación y traje un maletín con el dinero, se lo entregué y le estreché la mano. Muchas gracias, dijo el muchacho y quienes lo acompañaban repitieron los agradecimientos. Yo sonreí y les abrí la puerta para que se marcharan.

Después de que se fueron, me asomé al balcón y, cuando vi que los muchachos salían del edificio, volví a la sala, busqué las pastillas para dormir, me tomé todas las pastillas que había en los frascos, caminé hasta la habitación y me eché en la cama. Al fin se despertó este hijueputa, dijo una voz que se me hizo conocida; me froté los ojos y poco a poco se me fue aclarando la vista y supe que el que hablaba era Martínez. Poder ver me despertó los demás sentidos y descubrí que tenía las manos y los pies atados y que estaba tirado en medio de los cadáveres de los muchachos que habían ido a buscarme al apartamento en Cartagena. Muévame de aquí, pedí. Muy inmortal pero no puede moverse, se burló Martínez. Por favor, que huele horrible, supliqué. Eso es otra cosa, soltó Martínez y me levantó, me llevó lejos de los cadáveres y me acomodó en una silla. ¿Qué les pasó a los muchachos?, pregunté. Que alguien les dio cuerda y creyeron que podían meterse en negocios ajenos, dijo Martínez. Yo no les di cuerda, me cayeron bien y me dieron ganas de darles una plata, pensé que se la iban a gastar en una rumba y listo. Nosotros no lo vemos así, dijo otra voz y del fondo de la bodega salieron Atehortúa y Abello. Incumplió el acuerdo, así que tenemos que tomar medidas, dijo Abello. ¿Medidas?, pregunté. No lo podemos matar, pero vamos a dejarlo sin dinero, dijo Atehortúa. Así no tiene plata para andar intrigando contra nosotros, dijo Martínez y puso sobre la mesa las escrituras de mis tierras, de mis propiedades, los certificados de mis acciones y fondos bancarios y fragmentos de los mapas de los lugares donde tenía escondidas caletas con dinero. Firme esos papeles, nos dice dónde están escondidas las otras partes de los mapas y se puede ir tranquilo. ¿Y si me niego?, pregunté porque ya estaba más despierto y porque después de tantos años con plata sentí miedo de volver a ser pobre. ¿De verdad quiere saberlo? Claro, dije, aunque empecé a sentir más miedo de lo que pudieran hacerme que de volver a ser pobre. ¡Muchachos!, llamó Abello y del fondo de la bodega salieron varios hombres que, aunque ya estaba atado de pies y manos, me ataron con una cadena, me arrastraron por el suelo del lugar y me echaron a un pozo que había allí mismo. En estos días volvemos y nos cuenta qué ha pensado, gritó Martínez desde la parte alta del pozo y lo tapó. Quedé ahí, en medio de la oscuridad, me acomodé un poco para no sentir tanto dolor y, como en el pozo hacía calor, empecé a sudar. Si me quedo tranquilo aquí, sería como si me hubiera suicidado y ya no sufriría más, pensé, pero lo cierto es que un rato después ya estaba pensando en que había sido estúpido haber dado dinero a esos muchachos, que si me quedaba allí no iba a saber más de Leidi y ni siquiera iba a volver a comerme una buena bandeja paisa. Esas primeras ideas se volvieron cada vez más intensas y mi cabeza se llenó de tantas dudas, recuerdos y preguntas que en lugar de descansar empecé a estar más despierto e inquieto de lo que nunca había estado. Me volví a sentir como cuando me arrastró la corriente del río Putumayo, solo que aquí era peor porque no me arrastraba el agua, sino mis propios pensamientos, y porque en ese hoyo las víctimas no flotaban descuartizadas a mi lado, sino que eran fantasmas que se pegaban a mí y hacían más estrecho e irrespirable el lugar. Volví a entender la magnitud del daño que había hecho y supe que esos hechos eran como un agua sucia que no paraba de correr y contaminar todo lo que se le cruzaba. Recordaba las veces que manejaba la motocicleta mientras Índice disparaba, recordé la facilidad con la que ordenábamos desplazar, robar y asesinar y concluí que merecía estar ahí, encerrado. Pero al rato recordaba que Índice y yo éramos también víctimas de un sistema que nos excluía y que eran los políticos, el mismo ejército y la policía los que nos presionaban para que mandáramos a nuestros hombres a torturar, violar, matar y desplazar, y me llenaba de rabia y hasta me prometía que, si salía de allí, lo que debería hacer era acabar con los verdaderos culpables. Maldije mi vida, pero no logré maldecir ni a Índice ni a Leidi y empecé a sentirme culpable de estar lejos de ellos y entendí que necesitaba volver a la superficie y retomar mi vida porque sin la esperanza de recuperarlos mi eternidad jamás tendría sentido. Pasaban los días y, cuando ya no pude más con el hambre, la soledad y el cargo de conciencia, invoqué al Divino Niño. Se demoró en hacerlo, pero apareció igual que en la iglesia del Veinte de Julio, con las manos extendidas, con su mirada dulce dirigida hacia el cielo. Empecé a quejarme de lo que estaba pasando, a preguntarle la razón de lo que me ocurría, pero él, en lugar de contestarme, se quedó en silencio, sin responder ninguna de mis preguntas y sin hacer nada para consolarme. Por favor, dime algo, rogué. No debiste ir a visitar a ese Chamán, dijo y desapareció. Desesperado, me puse a gritar y tanto grité que vinieron los hombres de Abello, me sacaron del pozo y me tiraron de nuevo sobre el cemento. Pobre man, es inmortal pero no puede ni siquiera olvidar a la gente que lo traicionó, dijo uno de los guardaespaldas y los demás se burlaron de mí. ¿Qué ha pensado?, preguntó Abello. Yo les firmo lo que sea y les entrego la información que necesiten, pero no quiero volver a ese pozo, dije. Ellos me entregaron las escrituras y las firmé, les endosé los bonos y las acciones, les di las claves numéricas del dinero que tenía en el exterior y les dije dónde estaban las partes que les faltaban a los mapas de las caletas. Satisfechos, me mandaron quitar las cadenas y las esposas, y estaban tan contentos del dinero que se habían apropiado que se despidieron dándome la mano como si el negocio se hubiera hecho de común acuerdo. Esto es suyo, dijo Abello y sacó de la carpeta el registro del orfanato con el que Leidi había corregido la fecha de mi cumpleaños. Lo revisé, lo doblé y lo metí en mi billetera. ¿Cómo se enteraron tan pronto de la conspiración?, pregunté a Atehortúa. No olvide que usted es uno de los hombres más vigilados de este país, contestó él. Así que deje de hacer pendejadas, añadió Martínez. Muchachos, llamó Abello y los hombres que me habían encadenado y tirado al pozo me volvieron a arrastrar, me subieron en una camioneta, me pusieron una capucha y salimos de la bodega. Un rato después, nos detuvimos, me desataron, me tiraron en un andén y se marcharon.

Alcé la mirada, supe que estaba en Sabaneta y me sentí feliz porque ese era el barrio donde vivía antes de conocer a Índice y a Leidi y creí que estar allí era señal de que aquel nuevo comienzo me llevaría hasta ellos. Además, conservaba un poco de la conciencia que había encontrado en la selva y seguía viendo a los desplazados, a las mujeres y a los niños en los semáforos, a los mutilados de la guerra, a los indigentes entregados al vicio para olvidar tantas violencias. Caminé entre esperanzado y confundido, otra vez sin plata y sin destino, igual que en los días en que me habían echado de la guerrilla; ser inmortal no significa que la vida vaya a ser siempre novedosa. El pueblito tranquilo y rezandero que había conocido se había llenado de edificios y pensé que este mundo crecía y se llenaba de vida, menos yo. ¿Usted es el que creo que es?, preguntó la mesera de una panadería a la que entré a buscar algo para comer. ¿Quién cree que soy? Claro que es usted, dijo ella y dio la vuelta al mostrador y me abrazó. ¿Ana María?, pregunté porque la voz me recordó a la hija mayor de la señora que me había alquilado una habitación en aquel barrio. Esa misma, contestó. Ha crecido, no la reconocí, dije. ¡Ay, y yo que soñé con usted justo anoche!, exclamó. ¿Soñó conmigo? Si me espera a que termine de trabajar, se lo cuento. Como no tenía nada que hacer y ella estaba tan contenta, decidí esperarla. Ahora sí cuénteme, dije cuando ella apagó las luces de la panadería, cerró la reja y se despidió de las compañeras de trabajo. Primero vamos a la casa y se ducha, está oliendo a muerto, propuso y yo acepté su propuesta. Entonces, ¿su mamá se murió?, pregunté. Sí, unos meses después de que usted desapareciera. Esta es mi habitación, esta es la de mi hermana y ese es el baño, me mostró Ana María. Acepté la toalla que me ofreció, me di una ducha, me acomodé el pelo y me puse una piyama que ella me prestó para poder meter en la lavadora la ropa que llevaba puesta. ¿Todavía le gustan los fríjoles?, preguntó y puso en la mesa una bandeja paisa. ¡Me encantan!, exclamé y me sentí feliz de que, después de tanto encierro, hubiera encontrado a alguien que me acogía con cariño. Si no tiene donde dormir, se puede quedar aquí, dijo Ana María. Me quedo si me cuenta lo del sueño, dije. Siempre estuve enamorada de usted, confesó. Era una niña, dije. No, ya no lo era, pero usted no se dio cuenta, ni me miraba; se la pasaba mirando al vacío y yendo como un zombi de un lado a otro hasta que nunca regresó. Ojalá hubiera sabido que me quería, me habría quedado aquí y me habría evitado muchas cagadas, dije. ¿Seguro?, preguntó ella. Seguro, contesté. Lo más raro es que el amor no se me pasó, ni cuando me casé con Yeison ni cuando él me traicionó y me hizo cogerle desconfianza a los hombres, contó Ana María. Han pasado muchos años, dije. Y, para completar, como le dije, estos últimos días empecé a soñar con usted. No sé qué decir, he tenido días duros, estoy medio zombi y esta confesión me coge de sorpresa. ¿Días duros? Ha sido como si me hubieran llevado los marcianos, se hubieran dedicado a torturarme, me hubieran vuelto a traer, tirado del ovni y hubiera caído en Sabaneta. No diga nada, solo descanse, que se ve que lo necesita, dijo Ana María. Gracias, dije y ella me dio un abrazo, apagó la luz y caminó en dirección a su cuarto. Me quedé tirado en el sofá, despierto, mirando el techo y, cuando sentí que no solo ella sino todo el pueblo dormía, tuve ganas de irme de allí y buscar a Leidi y a Índice, pero me dio miedo meterlos en problemas. Además, aunque quería ver a Leidi, no me sentía capaz de aparecer por su casa vestido con una piyama de mujer y mucho más pobre que cuando la había conocido. ¿Quiere que le ayude a buscar un trabajo?, preguntó Ana María al otro día y me dejó claro que había asumido que necesitaba refugio y amor. No es mala idea, contesté y, unas horas después, era ayudante en un taller de ornamentación que surtía de puertas y ventanas a los edificios que seguían construyéndose en Sabaneta. De pronto, se me fueron pasando la culpa y la amargura que me habían consumido durante el encierro en el pozo y me acordé de lo que había dicho la mujer del Chamán y pensé que tal vez el remedio era olvidar y llevar una vida sencilla y amorosa con Ana María. ¿Y su hermana?, pregunté a Ana María al ver que pasaban los días y la muchacha no iba por allí. No sé muy bien dónde anda, inventa paseos con las amigas y desaparece y, cuando menos me lo espero, regresa como si nada. Terminamos de comer y, como lo habíamos empezado a hacer los últimos días, nos abrazamos en el sofá a ver televisión. Los protagonistas de la película que veíamos empezaron a besarse y, aunque en realidad no tenía muchas ganas de hacerlo, acaricié los muslos de Ana María. Ella lo permitió y giré la cara e intenté besarla, pero apartó la boca. Soy muy feliz de que nos abracemos en el sofá, pero no quiero que me bese. ¿Por qué? Llevo muchos años esperando y no voy a dañar ese sueño aceptando besos de un hombre que quiere a otra mujer, dijo. Volví a acomodarme para ver la película y ella me acarició el pelo. De ahí en adelante, vivimos como una especie de hermanos que compartían vivienda y paseos por el barrio, que se contaban qué les pasaba cada día y que a veces compartían el erotismo de cogerse de la mano en los cines. Además, cuando aparecía la hermana, la casa se llenaba de visitas y era una alegría y una animación que me hacían sentir feliz y, por alguna razón que nunca comprendí, seguro. No sabía muy bien qué hacer y, aunque mi amor por Leidi no disminuía, tampoco quería irme del lado de Ana María. Andaba en esas, cultivando esas dudas, cuando una madrugada golpearon con desesperación la puerta del apartamento. Nos encerraron en una casa de las afueras y nos dijeron que o aceptábamos ir a trabajar como prostitutas a Europa o iban a hacer daño a nuestras familias, explicó una amiga de la hermana de Ana María que había sido retenida junto a ella y había conseguido escapar. Por eso anoche tuve pesadillas con mi hermana, dijo Ana María. Nosotras solo queríamos disfrutar el fin de semana, reírnos, piscinar y, si alguno nos gustaba, darnos besos y hacer el amor; no se nos pasó por la cabeza que esos manes fueran tan malos. Toca llamar a la policía, dijo Ana María. No, esa gente trabaja asociada con la policía; si los llamamos se enteran de que, además de volarme, estoy de sapa y quién sabe qué le hacen a mis papás, dijo la muchacha. Lo primero es que avise en su casa para que se vayan de ahí, le dije y le entregué mi celular. Me voy por su hermana, le dije a Ana María. ¿Cómo va a enfrentarse a esa gente?, preguntó ella. Son muchos y están bien armados, dijo la muchacha. No se preocupen por eso, dije y caí en la cuenta de que, por primera vez en la vida, me estaba planteando usar mi condición de inmortal para acabar con una injusticia. Seguí las señales que me dio la muchacha, llegué a la casa que ella había indicado y timbré a la puerta. ¿Qué quiere?, preguntaron dos hombres que salieron a mirar quién llamaba. Vengo por mi cuñada, dije. Aquí no está la cuñada de nadie, dijo uno de los hombres. Es mejor que esté o ustedes lo van a pasar mal, dije. Los muchachos se encararon conmigo y uno de ellos sacó una pistola y me apuntó. El que lo va a pasar mal por bocón es usted, dijo. Es mejor que no dispare, le advertí al muchacho y le dio tanta rabia mi advertencia que más rápido disparó. La bala rebotó y se desvió y yo me le tiré encima y lo desarmé. Váyanse, no quiero gastar ninguna de las balas que quedan en ustedes. Los dos pandilleros me hicieron caso y yo entré en la casa, llegué a la sala y me puse enfrente de los otros pandilleros. Sin mediar palabra, uno de ellos sacó una ametralladora y disparó. Las balas se estrellaron contra las paredes y yo, con el arma que le había quitado al primer pandillero, disparé a las piernas del que disparaba y el muchacho se desplomó. Al ver que no me entraban las balas, el jefe de ellos se me echó encima, me desarmó e intentó ahorcarme, pero solo consiguió magullarse los dedos. Es mejor que me entreguen a las peladas o voy a llamar a otros fantasmas y se les va a complicar todavía más la vida, dije. Los pandilleros huyeron y yo busqué a las muchachas, las desaté y me las llevé de allí. Al otro día, cuando llegué a trabajar, los compañeros no paraban de espiarme, unos eran muy amables, pero otros no podían disimular la desconfianza. Yo no le veo nada raro, dijo Ana María cuando salí de la ducha. ¿Y por qué me va a ver algo raro? No soy boba; además, la gente del barrio ya está contando historias de usted. No haga caso a las habladurías, le dije y ella sonrió tranquila, pero la vida ya no fue igual y, pocos días después, los pandilleros aparecieron por el taller donde trabajaba. No quiero problemas, dije cuando los muchachos me rodearon. Nosotros tampoco, al contrario, queremos que sea nuestro jefe. Es lo último que quiero en esta vida, seguir en guerras y violencia. Es eso o tiene que irse del barrio. ¿Y por qué? Porque, mientras usted esté aquí, nadie nos va a respetar. Pobrecitos, dije con ironía, pero entendí que, de nuevo, mi presencia desequilibraba el normal funcionamiento de un lugar. Yo sé que aún ni la he besado, pero, si hacemos una vida en otra parte, de pronto, ese amor que usted me ha guardado tantos años tiene una oportunidad. No crea que no lo he pensado, pero no es el momento de dejar sola a mi hermana. Que venga con nosotros. Usted ama a otra mujer, prefiero seguirlo amando en la distancia que enfrentar una sombra tan grande. Vámonos, insistí. No, pero hay algo que debo decirle. ¿Qué? ¿Se acuerda de la noche que hacía mucho frío y dormimos juntos para que me abrazara? Sí, contesté. Esa noche soñé con su mamá y ella me dijo que estaba en Florencia, en el Caquetá. ¿Mi mamá?, si ni siquiera la he mencionado, nunca he visto ni una foto de ella, ni siquiera sé cómo puede ser. En el sueño veía con claridad que era su mamá. ¡Qué raro que haya soñado eso!, dije. Igual tenía que decírselo. Lo quiero, añadió Ana María y me besó para despedirse. Yo también la quiero, dije y respondí a su beso.

Florencia me recibió con esa humedad y ese calor tropical que penetran la ropa, el cuerpo y hasta los pensamientos, pero, a pesar del bochorno, bajé del bus y me puse a caminar por el centro de la ciudad. Era como si esperara cruzarme con una mamá de la que no conocía el rostro ni tenía recuerdos, como si esperara un milagro que justificara mi presencia allí. No demoró en ocurrir. Paré a comerme una arepa en un puesto callejero y justo a la espalda de la señora que atendía el negocio había un poste y sobre ese poste había un afiche que decía en letras rojas y amarillas: ¡HERNÁN REYES, EL ALCALDE QUE FLORENCIA NECESITA! La foto impresa bajo el eslogan era de Cachama, el comandante del frente guerrillero en el que yo había militado y que estaba gordo y cachetón y sonreía a sus posibles electores con la misma expresión hipócrita con la que engañaba a la tropa guerrillera. ¿Quién es ese?, pregunté a la dueña del puesto de arepas. El mentiroso y ladrón del alcalde, contestó la mujer. La decepción de la mujer me recordó mi decepción revolucionaria de años atrás, pero también me hizo pensar que Cachama era un hombre decidido y que, si alguien podía ayudarme a localizar a mi mamá, era la primera autoridad de la ciudad. Claro, me pongo en eso ya mismo, pero necesito que, a cambio, me haga un favor, dijo Cachama cuando fui a pedir audiencia y, cosa que me pareció extraña, me atendió de inmediato. No me quiero meter en calenturas de ninguna clase, contesté. No sea paranoico, ninguna calentura; soy un desmovilizado, entregué las armas, ahora estoy en la legalidad, sonrió él. ¿Entonces? Hay una caleta mía que quedó en el territorio que nosotros controlábamos pero que ahora es territorio paramilitar, quiero que guíe un pequeño comando para recuperarla. Uy, no, esas operaciones siempre terminan con muertos, prefiero seguir sin mamá. Usted sabe que pronto habrá elecciones y esos procesos son caros, la plata de esa caleta es la garantía de que seguiré siendo alcalde y de que voy a estar aquí y voy a remover cielo y tierra hasta encontrar a su vieja. Mande a su hermano, seguro que él también controla muy bien la zona. Lo mandaría, pero lo mataron mientras hacía campaña para mi anterior elección como alcalde, dijo Cachama. Me quedé en silencio, desde el ventanal de la alcaldía observé la plaza principal de Florencia, vi la agitación de la gente que iba y venía y pensé que, al contrario que esa gente, yo no tenía ningún rumbo y que nada perdía con hacerle ese favor a Cachama. Si lo hace, ya mismo pongo personal de confianza a preguntar por alguna mujer de la edad de su mamá y que cumpla con las características que usted me acaba de dar; esta es una ciudad pequeña, seguro que la encontramos. ¿Y por qué no va usted mismo?, pregunté. Apenas nos desmovilizamos, el ejército entregó la zona a los paramilitares y, como usted comprenderá, no es fácil para un exguerrillero relacionarse con antiguos enemigos. ¿Quiénes van a integrar el comando? Eso es lo mejor, es la gente de mi esquema de seguridad, que les prometí una recompensa si ayudaban en el asunto. ¿Me asegura que no me voy de esta ciudad sin mi vieja? ¡Se lo prometo!, exclamó él. Así que esa misma noche conocí a Eustaquio, que era quien comandaba al grupo de hombres que Cachama había escogido para la operación y, apenas nos presentaron, nos subimos en varias camionetas y salimos rumbo a la selva. Fue un viaje triste porque me acordé de los días en que llevé a Leidi hasta allí y le mostré el árbol en que Cachama me había hecho recostar para dispararme, y porque la cabeza se me rebeló y todo el trayecto pensé que era posible que encontrara a mi mamá pero que también era posible que ella me rechazara igual que hacía la mayoría de la gente. Por aquí, dije cuando llegamos al lugar donde debíamos ocultar los carros y seguir a pie. Usted adelante, dijo Eustaquio y entendí que Cachama se había ido de la lengua y le había contado que yo era inmortal. Caminamos hasta el lugar que Cachama me había señalado en un improvisado mapa y, como era muy peligroso que el amanecer nos encontrara en aquella zona, nos pusimos manos a la obra.

Es el colmo que, para que este man pague la plata que nos debe, nos ponga en estas, dijo Eustaquio. ¿La plata que les debe? Sí, a nosotros y a gente más dura que nosotros y que nos mandó en representación de ellos, dijo otro. El alcalde debe muchísimo dinero, insistió Eustaquio. ¿Y habrá tanto dinero en esta caleta?, pregunté. Cachama dijo que había oro de sobra para cubrir las deudas y para pagar su siguiente campaña a la alcaldía. Saber que no guiaba un comando escogido por Cachama, sino un montón de acreedores del man, me dio mala espina y me puse a ayudar a excavar para no tener tiempo de cultivar la desconfianza. Fui yo mismo el que, al tratar de sacar una palada de tierra, golpeó la parte superior de la caneca de plástico que había usado Cachama para encaletar el dinero y el oro que, afirmaba él, se había ganado en los tiempos en que había sido comandante guerrillero. Los hombres sonrieron felices y, como la caneca era tan pesada que no se dejaba ni medio balancear y de verdad parecía estar llena de oro, hicieron una pausa para hacer un brindis. Después, quitaron la tierra que había alrededor de ella, la amarraron con un laso y, con la ayuda de un árbol y una polea, la sacaron del hueco. Abrámosla, dijo uno de los hombres. No, el compromiso es llevarla cerrada hasta la casa de Cachama y abrirla allí delante de nosotros y de los demás acreedores, dijo Eustaquio. Es mejor que la abran, dijo de pronto una voz a nuestra espalda y, cuando nos giramos, vimos a un grupo de hombres apuntándonos con rifles. ¡Remache!, exclamó Eustaquio. ¿Ustedes de verdad creían que iban a ingresar a este territorio y llevarse el dinero sin que nos diéramos cuenta?, preguntó Remache. Nosotros no tenemos nada que ver con los problemas que usted tiene con Cachama, solo estamos aquí porque queremos recuperar nuestra plata. El problema está en que, aunque el alcalde vaya por ahí hablando mal de mí, yo también puse votos y fondos para la elección de él, explicó Remache. Abramos esta caneca, así salimos de dudas, propuse, porque mis malos presentimientos se habían convertido en la certeza de que había algo torcido en aquella misión. ¿Quién es este?, preguntó Remache. El guía, conoce muy bien la región, contestó Eustaquio. Lo extraño es que yo no lo conozco a él, dijo Remache y me rodeó para examinarme con cuidado. Es una historia larga para contarla ahora, dije. ¿Un excombatiente de Cachama?, preguntó Remache. Un hombre traicionado por Cachama y que volvió a cometer el error de creer en él, dije. Hay gente muy pendeja, dijo Remache y me volvió a examinar. En lugar de escarbar el pasado, abramos esa caneca, insistí. Remache pasó de la desconfianza al sentido práctico y dio orden de abrirla. Uno de sus hombres quitó el tapón y miró dentro de ella. Parecen piedras, dijo. ¿Cómo así?, preguntó Eustaquio y quitó al hombre y miró él mismo. Es verdad, solo se ven piedras, exclamó. Remache dio orden de romper la caneca para ver qué más había adentro y, entre más se rompía el plástico, más piedras iban saliendo de la caneca. Es un engaño, exclamó Eustaquio. ¿Algún problema si dejamos esto así y nos volvemos a Florencia?, preguntó Eustaquio a Remache. Vamos todos, contestó Remache. La caminata de vuelta a los carros fue rápida y, cuando ya subimos a ellos y cogimos la carretera hacia Florencia, los hombres empezaron a maldecir y a llamar a los demás acreedores para contarles lo ocurrido. Así que, cuando llegamos a la urbanización donde vivía Cachama, había decenas de camionetas aparcadas frente a la casa del alcalde y la gente ya había tumbado la puerta y caminaba furiosa de un lugar a otro de la lujosa casa. El vigilante de la urbanización dice que, apenas salimos en busca de la caleta, Cachama salió a pie y con una maleta pequeña y ya no volvió, explicó uno de los hombres que nos esperaba. O sea que tenía todo preparado y el cuento de la caleta era para distraer la vigilancia que le teníamos montada, dijo Eustaquio. Exacto, dijo el hombre que había explicado lo del portero. Este man nos tiene que explicar por qué se prestó para el engaño, dijo Remache y los estafados asintieron. Yo no sé nada, vine a Florencia a buscar a mi mamá y caí de ingenuo en este asunto, expliqué. A buscar a la mamá, de ingenuo, repitió Remache y, mientras los demás acreedores me rodeaban, fue hasta su carro y trajo un estuche donde había un machete y un hacha muy bien afilados. No lo vaya a matar antes de que sepamos para dónde cogió Cachama, pidió uno de los acreedores. No se preocupen, lo voy a ir picando hasta que el dolor lo obligue a hablar, dijo Remache. ¿Para dónde agarró

Cachama?, preguntó Remache. Yo qué voy a saber, contesté. Es mejor que responda, Remache es el mejor torturador de la región, dijo uno de los acreedores. No imagina la cantidad de dedos, manos, brazos y cabezas que ha mochado con esas dos herramientas, dijo otro de los acreedores. Si tuviera la información, se la daría, no tengo motivos para proteger a Cachama, dije. Remache buscó una silla, me amarró a ella y sacó el machete del estuche. El hombre dice la verdad, es mejor que no se metan con él, intervino Eustaquio. Otro que quiere perder los dedos, dijo Remache y blandió el machete en la cara de Eustaquio. Eustaquio retrocedió y Remache se volvió hacia mí y trató de cortarme los dedos de la mano derecha, pero el machete se desviaba y terminaba por cortar los brazos de la silla o el laso con el que me tenía amarrado. ¿Lo ven?, a ese man es mejor evitarlo, insistió Eustaquio. Este güevón a mí no me va a engañar, exclamó Remache y sacó el hacha del estuche e intentó cortarme la mano, pero de nuevo falló y acabó de dañar los brazos de la silla. ¿Qué está pasando?, preguntó uno de los deudores. Lo voy a averiguar, dijo Remache y cogió el hacha con las dos manos y trató de cortarme el cuello, pero solo consiguió pasar de largo y herir al deudor que estaba más cerca de mí. Varios de los acreedores se alejaron asustados, pero otros sacaron sus armas o cogieron las ametralladoras de los guardaespaldas y me apuntaron. Es mejor que no le disparen o va a ser peor, dijo Eustaquio y volvió a meterse en medio, pero los acreedores lo apartaron y empezaron a disparar. Cuando la confusión y el humo de las armas desaparecieron, descubrieron que yo seguía en el centro de la sala, sin un rasguño, delante de una pared, unas ventanas y unos muebles destrozados y, como siempre en esas situaciones, sin saber muy bien qué hacer ni qué decir. Así que lo que contaba Cachama cuando se emborrachaba era cierto, ¿usted es inmortal?, preguntó Remache. No sé bien qué soy, solo sé que es mejor que me vaya, dije. Sí, mejor váyase, dijo Eustaquio y me abrió paso entre los acreedores. Mientras salía de allí, sentía a mi espalda la mirada y el asombro de un montón de gente que estaba más interesada en el milagro que acababa de ver que en el dinero que, usándome de nuevo a mí, Cachama les había robado.

La fuga de Cachama y la imposibilidad de buscar a mi vieja me hicieron sentir tan triste y desamparado que salí de aquella urbanización, caminé hasta el Terminal de Transportes y, con el poco dinero que tenía, me subí en un bus que me llevó hasta Neiva. Alquilé un cuarto en unas residencias y, para completar la tristeza, cuando me eché en la cama me di cuenta de que el lugar olía a lo mismo que unas residencias en las que había pasado unos días con Leidi. El recuerdo me dio tan duro que me puse a llorar y del llanto pasé al sueño y solo me desperté cuando el encargado del motel golpeó la puerta porque se habían acabado los dos días que tenía pagos. Volver a estar en la calle y sin rumbo me hizo sentir como si de verdad cargara con las violencias y culpas de Colombia y, como buen colombiano, en lugar de ponerme a buscar una solución, me metí en una tienda y me puse a tomar cerveza y a oír a Darío Gómez. Estaba ya bien borracho y despechado cuando se me acercaron unos pelaos a ofrecerme droga y uno de ellos me hizo acordar de Chuzo. ¡Cómo se olvida de fácil en esta vida al que uno supone que está jodido!, pensé y revisé mi billetera y ahí seguía el registro del orfanato y, unas líneas debajo de mi nombre, estaba el nombre real de Chuzo. ¡Pastor evangélico!, exclamé cuando entré a un café internet y Google me mostró la foto de Chuzo parado junto a una casa de Patio Bonito en la que un letrero decía: IGLESIA DE LAS OVEJAS DESPLAZADAS. ¡Por fin se acordó de los pobres!, exclamó Chuzo al verme y me abrazó con tanta fuerza que supe que a ese güevón le seguían gustando los hombres. Como se perdió y no hubo forma de encontrarlo…, contesté apenas pude librarme del abrazo. Eso digo yo, me caminé toda Bogotá y usted no estaba por ningún lado, dijo Chuzo. Pues yo hice lo mismo y tampoco lo encontré, dije. ¿Verdad?, preguntó Chuzo. Claro, contesté. A veces los caminos del Señor son muy retorcidos, comentó Chuzo. ¿Cómo así que pastor evangélico?, pregunté. Es una historia larga, pero se la resumo como lo hago con mis feligreses: calle, cárcel, calle, más cárcel, más calle, mucha más cárcel y aparición del Señor. Uy, no, recuerde que a mi vieja se le apareció el Divino Niño y eso me jodió la vida, me quejé. Los católicos no tienen dioses, sino ídolos, y los ídolos son malparidos, dijo Chuzo. Mejor no hablemos de religión que se me amarga la alegría de verlo, pedí. Vamos y le presento a la familia, dijo Chuzo y me agarró del brazo y me llevó a un pequeño apartamento que había construido en la trastienda del templo y en el que estaban una mujer joven y un niño de unos tres años. ¿Otro de sus amiguitos?, preguntó la mujer cuando Chuzo me presentó. Me hice el loco y le extendí la mano a la mujer, pero ella, en lugar de saludarme, alzó el niño, se metió en un cuarto y cerró la puerta. No siempre es fácil cumplirme a Dios, dijo Chuzo. Ni al sexo opuesto, me burlé yo. ¿Una cervecita?, preguntó Chuzo. Sí, por eso vine, contesté. Volvimos al templo, Chuzo saludó a unos fieles que ayudaban a empacar los mercados que la iglesia repartía a las madres adolescentes de Patio Bonito y cruzamos el barrio y nos metimos en un bar cercano a Corabastos. No puedo creer que le hayan pasado tantas cosas en estos años, comentó Chuzo cuando terminé de contarle mi historia. Sí, hermano, me ha pasado de todo y, lo peor, es que presiento que todavía me queda mucho camino. Pues imagínese, siendo eterno, se burló Chuzo. Eterno y sin rumbo, me quejé. Entonces, ¿ese Chamán pensaba que usted le iba a enseñar el valor de la vida a este país de criminales?, rio Chuzo un rato después y ya medio borracho. Imagínese, güevón, dije también medio borracho. La gente se mete el caldo de esos bejucos y se vuelve loca, siguió riendo Chuzo. Y eso no es lo peor, dije. Entonces, ¿qué fue lo peor? Que me lo alcancé a creer. ¿Verdad? Verdad, hermano. Esa Leidi debe ser tremendo polvo, porque lo tiene muy loco, dijo Chuzo. No es eso, hermano. ¿Entonces? Que esa mujer de verdad me amó y yo lo sentí y de eso nunca he podido recuperarme. No sé, nada de eso tiene sentido. Eso seguro, dije. O, de pronto, sí hay algo que tiene sentido. ¿Qué? Tal vez su llegada es una señal del Señor, dijo Chuzo. ¿Qué clase de señal puedo llevar yo, si a todas partes llevo problemas? Los últimos meses, he estado pensando en salir del armario, convertirme en un pastor gay y ya ser claro con mi esposa y dejar de fingir con la congregación. Lo que no entiendo es cómo terminó metido en esa farsa. Estaba cansado de tanta mala vida, salía y volvía a meterme en problemas y, un día, un pastor llegó a la cárcel, me habló y fue tan generoso y comprensivo que sentí el llamado de Dios. Esa historia no tiene nada de original, dije. Nuestras almas están más allá de las vanidades del mundo, dijo Chuzo. Igual, a usted siempre le han gustado los muchachos, una cosa es volverse evangélico para dejar de robar y otra muy distinta es casarse y meterse a pastor siendo gay. Es que cuando apareció Angélica, yo pensé que ella era una bendición más que me enviaba el Señor y, como Dios me estaba colmando de dones, la recibí en mi corazón y lo hice con tanta fe que puedo jurar que me casé enamorado. O sea que se casó engañado y engañó a la pobre mujer. Un poco, porque, apenas ella se quedó embarazada, como que aterricé y me volvió el deseo por los varones. Bueno, hablarle claro y separarse. No es tan fácil. ¿Por qué? Porque fue el papá de ella el que me dio la oportunidad de ser pastor, porque ella dice que, si le fracasa el matrimonio, se le acaba la vida y porque los fieles me adoran, yo siento que les ayudo y no me siento capaz de defraudarlos. Sí vi que la gente le come cuento, dije. No es cuento, es el amor que Dios les da a través de mí. Pues está jodido porque ni se puede salir de esa iglesia y su mujer ya piensa que yo soy uno de sus mozos. Solución sí hay. ¿Cómo así? Usted es inmortal, usted es un milagro de Dios, ayúdeme, seguro que puede hacer algo que me saque del armario sin defraudar a esta gente que ha sido tan bondadosa conmigo. Uy, no, cuando no me piden seguir matando, me piden ponerme a hacer milagros. Yo no quiero que se ponga a hacer milagros, quiero que me haga un favor, un favor como amigo. Lo miré, vi en sus ojos la misma angustia que yo sentí el día que me ayudó en el orfanato y pensé: estoy jodido; aunque quiera, a este man no le puedo decir que no. Siempre he evitado hacer estas cosas porque no me gusta sentirme como un payaso de circo, dije. A veces, para ponerse serio, hay que hacer payasadas, dijo Chuzo. ¿Se le ocurre algo que podamos hacer? ¿Ha leído los evangelios?, preguntó Chuzo. No mucho, contesté. Para mostrarle el amor que tenemos hacia él, el Señor siempre nos exige sacrificios, dijo Chuzo. No entiendo, dije. Ya lo verá, dijo Chuzo y pidió las dos últimas cervezas de esa noche. Para evitar malentendidos con la mujer de Chuzo, dormí en un hotel cercano a Abastos y, al otro día, cuando fui a desayunar con Chuzo y su familia, me recibió un letrero que decía: PRÓXIMO SÁBADO, GRAN JORNADA PARA MATAR NUESTROS PECADOS. ¿Usted es el que se va a poner de diana?, preguntó la esposa de Chuzo. No es él, es el Señor encarnado en él, contestó Chuzo. ¿Se va a hacer matar por limpiar los pecados de un maricón?, insistió la mujer de Chuzo. Ha sido una revelación, como la que Dios le hizo a Abraham, dijo Chuzo. Antes solo traía a sus amantes, ahora trae locos, dijo la mujer y se levantó y nos dejó desayunando solos. El sábado la fila de quienes querían matar sus pecados era kilométrica, cada uno traía escrito en un papel sus faltas, y algunos que tenían armas en casa las llevaban, como sugería el volante con instrucciones que Chuzo había repartido entre sus feligreses. Los que tengan armas, adelante, dijo Chuzo y dio inicio a la función; la gente obedeció, pero cuando quitaron la sábana que cubría la cruz y la gente me vio a mí, con mi cara de desamparado, amarrado a esos palos, se quedó sorprendida y se le pasó el entusiasmo. Si le disparan a ese hombre, los meten en la cárcel, dijo una muchacha. No es un hombre cualquiera, es el enviado de Dios, la encarnación de nuestros pecados, explicó Chuzo. Ese man sin afeitar y todo flaco y con cara de estar a punto de morirse de hambre qué va a ser el enviado de Dios, dijo uno de los hombres que iban armados. Tengamos fe en el Señor, la revelación que recibí fue clara, insistió

Chuzo. En el templo se hizo un silencio y la gente se mostraba escéptica, pero no se atrevían a irse, la curiosidad y la ilusión de matar su vicios y defectos los mantenían en el lugar. Yo estoy tan jodido que la cárcel sería una solución, dijo de pronto uno de los hombres y sacó un changón medio podrido y me apuntó. Proclama ante todos nosotros el pecado que quieres matar, le pidió Chuzo. Voy a matar mi gusto por el juego y todo el dolor que le he hecho pasar a mi familia, exclamó el hombre. Hazlo, dijo Chuzo y el hombre disparó. Ni me moví, le sonreí como solía sonreírme el Divino Niño a mí. Al ver que la bala dañaba la madera de la cruz, pero a mí no me hacía nada, la gente que estaba en la parte de adelante corrió hacia mí y me tocó. No se afanen, nada puede dañarme, proclamé. La gente volvió a quedarse en silencio y otro hombre se atrevió a seguir con el ritual, alzó una carabina y gritó: voy a matar mi infidelidad, mi lujuria y todo el dolor que he causado a mi familia y hasta a mis amantes. De nuevo las balas dañaron la madera y las paredes y la gente corrió a tocarme y yo les sonreí. Apenas terminaron los que llevaban armas, Chuzo agarró un fusil de asalto y me apuntó. Ahora sí lo va a matar, gritó una mujer y se interpuso entre Chuzo y yo. Voy a matar mi homosexualidad, explicó Chuzo y la congregación completa soltó una exclamación de asombro. Déjelo disparar, ordenó la esposa de Chuzo a la mujer que se había interpuesto y la mujer obedeció. Chuzo disparó y a mí no me pasó nada, pero el hueco que la bala hizo en la pared casi acaba con la iglesia. Ahora, quienes hayan escrito sus pecados en un papel, tírenlos a los pies del enviado de Dios que vamos a quemarlos. Eran tantos los pecados que los papeles formaron un gran montón a mi alrededor y el fuego que se levantó me cubrió por completo. Pero aquel fuego, igual que subió, bajó y yo quedé ahí, sin un rasguño y ya libre de la cruz porque el fuego había quemado la cuerda con la que estaba atado. La gente entró en éxtasis y se arrodilló y empezó a orar. Lo que nos dice Dios con este milagro es que nuestros pecados no mueren, que siempre estarán vivos y que debemos vivir con ellos, exclamó Chuzo y parte de la congregación aplaudió y otra parte empezó a llorar. Nunca debí dudar de usted ni de mi marido, dijo la mujer de Chuzo. Espero que encuentren la felicidad y la paz, dije porque hasta yo había quedado untado de espíritu místico después del falso milagro. Eres el peor de los farsantes, le dije a Chuzo cuando nos estábamos tomando las cervezas de despedida. Somos gente atormentada, nos has dado un alivio. Lo hice por lo que compartimos, dije. Y ahora, ¿qué va a hacer? Ya lo encontré a usted, tal vez encuentre al padre Aroldo. Un Inmortal yendo para atrás es muy raro, yo iría hacia adelante, dijo Chuzo. Siempre he ido para atrás, dije. Pues sí, tiene mi bendición, hijo mío, dijo Chuzo y soltó la risa y me abrazó.

Y así, sin importarme mucho si avanzaba o echaba para atrás, y, aunque me costaba aceptarlo, todavía con algo de la buena energía que había recibido en la selva, me puse a buscar al padre Aroldo. Lo encontré en una casa de Tunjuelito; vivía con Noemí, la muchacha que había dejado embarazada en la iglesia, y con Goyo, la niña producto de aquel romance. Siempre supimos que volveríamos a estar juntos, exclamaron Noemí y el Padre apenas me vieron llegar con mi cara de despistado y sin maletas. Esta es tu habitación y, si quieres trabajar, nosotros tenemos un supermercado donde, como Goyo entró a la universidad, falta una persona que dé una mano, dijo Noemí apenas tomamos onces y les confesé que había ido a buscarlos porque estaba cansado de rodar de un lado a otro sin encontrar mi lugar en el mundo. Volví a sentirme seguro y protegido, como me había sentido en la época de la iglesia, y fue fácil arrinconar el pasado y ponerle alma y corazón a ayudar al Padre y a Noemí en el negocio. El mundo lo cambia cuidar a quienes amamos, tal vez no puedes hacer el mundo mejor, pero puedes evitar que sea peor, me dijo el Padre un día que nos quedamos hablando hasta tarde. Además, salí bueno para madrugar, ir a Corabastos a comprar grano, verdura y frutas y para escoger los mejores productos, llevarlos a casa y cocinar para que tuviéramos qué comer cuando volvíamos en la noche de estudiar o trabajar. Llenos y contentos, cada noche nos contábamos los chismes del día, nos sentábamos a ver novelas y, cuando ya los cuatro cabeceábamos de sueño, nos despedíamos y nos íbamos a dormir. Desde los primeros meses de amores con Leidi no me sentía tan feliz e ilusionado y, lo mejor, la situación era tan honesta y respetuosa que nadie se atrevía a hablar de mi inmortalidad, y yo estaba tan agradecido por aquel silencio que hacía lo que fuera necesario para que cada miembro de la familia estuviera más cómodo y fuera aún más feliz. Hemos pensado que, ya que contamos con tu apoyo, podemos ampliar el supermercado y, apenas el negocio dé mayores ganancias, ampliar también la casa para que estemos mejor instalados, dijeron una noche el Padre y Noemí. Así no tienes excusa para irte, añadió Goyo. Conmigo pueden contar para lo que decidan, aquí estoy feliz, dije y empezamos a hacer cuentas sobre el valor de la ampliación y a hablar de cómo creíamos que debían ser aquellas reformas. Solo hay una cosa que me preocupa, le dije unos días después al Padre cuando tuvimos un momento a solas. ¿Qué?, preguntó. Tengo un pasado muy duro, maté y ayudé a matar a mucha gente y, aunque ahora parece que estoy libre de esas embarradas, nunca se sabe cuándo aquello vuelva a aparecer y a arrastrarme. El Padre se levantó, fue a la nevera y trajo un par de cervezas. Nadie tiene control sobre el pasado, pero uno sí puede reencaminar el futuro, prepararse para que, si ese pasado vuelve, sepa cómo manejarlo. No le estoy hablando de crímenes pequeños, insistí. ¿Eso es lo que en verdad le preocupa o más bien es esa mujer que no puede olvidar? Son dos cosas que están unidas, uno no puede ofrecer la vida si la tiene empeñada, dije. No te preocupes, Noemí, Goyo y yo sabemos que la tuya es una situación difícil, pero estamos dispuestos a hacer la apuesta porque tú nos has demostrado que sigues siendo el niño con el que yo jugaba fútbol en el patio de la iglesia. La verdad, es así como me siento, dije. Así es, dijo el Padre y me abrazó. Con aquel abrazo y aquellas palabras, volví a caer en el engaño de la esperanza y viví días muy felices. Además, para completar el paraíso, Goyo empezó a mirarme con unos ojos que iban más allá de la camaradería y hermandad. Si algún día la olvidas, aquí estoy yo, se atrevió a decirme una tarde que fuimos al cine y nos cogimos de la mano durante la película. Pero, cuando más armónicas y solidarias son las familias, es cuando el mundo estalla por los aires. Una mañana, el Padre salió a hacer una consignación en el banco y estaba a punto de llegar a la ventanilla para entregar el dinero cuando sufrió un derrame cerebral y quedó tieso y tirado sobre las baldosas de la sucursal. Noemí y yo cerramos el supermercado y corrimos al Hospital de Tunjuelito y nos encontramos al Padre en urgencias y ya agonizando porque el Hospital estaba en huelga y no había ni suficiente personal ni medios para atenderlo. Llevémoslo a una clínica privada, ordenó Noemí. En la clínica lo estabilizaron, lo conectaron a un montón de aparatos, nos dijeron que sobreviviría y que debíamos pasar por caja y consignar veinticinco millones de pesos para los primeros gastos. Noemí hizo el cheque y empezaron unos días en los que la tragedia nos unió y nos hizo querernos más y en los que los tres nos turnábamos para acompañar al Padre sin saber si él de verdad estaba consciente y sabía quiénes éramos nosotros. Esta es la última plata que queda de nuestros ahorros, dijo Noemí el día que tocó hacer un cuarto pago en la clínica. Y, para completar, como el supermercado pasa más tiempo cerrado que abierto, mucha mercancía se dañó y no solo no vendemos, sino que empezamos a acumular deudas, anoté yo. ¿Y si lo traemos a casa y lo cuidamos aquí?, propuso Goyo. Nada de eso, mucho menos ahora que por fin recobró la consciencia y empieza a reconocernos, dijo Noemí. ¿Entonces?, pregunté. No se preocupen por el dinero, yo lo consigo, dijo Noemí y yo, embobado en el amor y la solidaridad familiar, no tuve la malicia de sospechar que Noemí iba a pedir dinero prestado a los malandros del barrio. Es mejor que me lleven a casa, no solo me voy a morir, sino que las voy a dejar en la pobreza, dijo el Padre cuando por fin volvió a hablar. Yo supe que tenía razón, pero Noemí y Goyo se empeñaron en mantenerlo en aquella clínica, en pagarle las mejores terapias, y aunque, unas semanas después, el Padre parecía estar mejorando y hasta nos ilusionamos en que podría dejar la cama y empezar a dar sus primeros pasos, lo cierto es que una noche tuvo un segundo derrame y se murió. El barrio entero nos acompañó en el entierro y también desapareció cuando ya el Padre estuvo enterrado y en nuestra casa quedó el mismo amor, pero convertido en un ponqué al que le faltaba una gran tajada. Voy a entregar el negocio y la casa para pagar las deudas que quedaron y Goyo y yo vamos a irnos a vivir a mi pueblo, dijo Noemí pasados unos días del entierro. No nos demos por vencidos, dígame qué hay que hacer y lo hacemos para que podamos seguir adelante, pedí. Nada va a funcionar, la gente que me prestó la plata cobra unos intereses tan altos que, si no les entrego ya mismo las propiedades, después les voy a deber cinco supermercados y tres casas. Yo me puedo encargar de ellos, propuse. Hemos manejado esta situación con amor y respeto y así será hasta el final, dijo Noemí. Es lo que debemos hacer para guardar la memoria de nuestro padre, añadió Goyo. Me quedé cortado y en silencio. Una cosa es ser inmortal y otra muy distinta mandarse solo, sonrió Goyo. Más demoró Noemí en decir que entregaba las propiedades para pagar que los prestamistas en pedir el control de ellas y, dos noches después, ya estaba ayudándoles a empacar. ¿Por qué no viene con nosotras?, preguntó Goyo cuando ya habíamos regalado los muebles que sobraban y las maletas y algunos electrodomésticos estaban acomodados junto a la puerta de la casa. Debo resolver asuntos pendientes antes de hacerlo, contesté. ¿Tanto la sigue queriendo? No es solo eso, no creo que sea el momento adecuado para hacerlo. Mientras mi papá estuvo vivo, lo creyó. Su papá tenía la capacidad de convencerme y darme seguridad, dije y Goyo bajó la cabeza decepcionada. Aroldo, uno de los días en que recuperó la lucidez, me dio este sobre y me dijo que, si él faltaba, se lo entregara, dijo de pronto Noemí que, sin querer, había escuchado parte de mi conversación con Goyo. ¿Qué es?, preguntó Goyo apenas lo abrí. La dirección de Sor Francisca. Yo odio a esa señora; si Aroldo no se mueve rápido, hubiera dado en adopción a Goyo. Pero a mí me cuidó la infancia, así que me alegrará verla. No le mando saludos, pero genial que ya tenga un rumbo, dijo Noemí. Sí, al menos ya sé adónde ir. Usted sabe que nuestra casa en el pueblo será siempre su casa, dijo Noemí cuando llegó el camioncito en el que iban a viajar y a llevarse las cosas. Tampoco olvide lo que le dije la tarde que fuimos al cine, añadió Goyo, y los tres nos fundimos en un largo abrazo y yo caminé calle abajo porque no me sentí con fuerzas para verlas partir.

Las monjitas, como buenas representantes de la iglesia, se habían reinventado y, gracias a unas tierras que les había donado un narco arrepentido, habían instalado en el filo de una montaña una comunidad para rehabilitar drogadictos. Un lugar al que llegaban las familias desesperadas a internar a sus hijos para que, a punta de oraciones, mano dura y trabajos en el campo, dejaran las adicciones y volvieran al mundo sin hacerse tanto daño a sí mismos y a quienes los rodeaban. Tienes la misma mirada asustada de cuando vivías bajo las faldas de la hermana Julia, dijo Sor Francisca apenas me vio. Después de todo lo que me ha pasado, esas palabras me alivian, dije. Ella me miró con detenimiento. ¿Cómo sigue Aroldo?, preguntó. Ya no sigue, contesté. Es lo malo de vivir aisladas, una se entera tarde de las cosas. Fue él, antes de morir, quien me dejó la dirección y dijo que viniera. Me alegra que le haya hecho caso, nuestra situación es desesperada, se lamentó Sor Francisca. ¿Qué pasa?, pregunté. Vamos, le muestro, dijo ella y me llevó a recorrer la finca. Era un pedazo de tierra que iba de un pequeño valle al pico de la montaña, una loma escarpada donde, gracias al trabajo de tanto arrepentido de las drogas, habían levantado un edificio para ellas, otro edificio para los internos, comedores comunales y una pequeña capilla. Con ayuda de una retroexcavadora habían logrado aplanar parte del terreno y hacer huertas y, en las tierras que se mantenían silvestres, tenían unas pocas vacas y un montón de cabras. Aquí hay invertidos años y años de trabajo, dije mientras veía a los muchachos y a algunas de las monjas agachados labrando la tierra. Sí, además esta tierra es bendita, no llueve ni hace más calor del necesario, no hay tantas plagas y ni siquiera llega la señal de los celulares, es el lugar perfecto para nuestras terapias, contó Sor Francisca. ¿Y cuál es el problema?, pregunté. Sigamos subiendo, ordenó Sor Francisca. Ay, no, minería, exclamé cuando llegamos a la cumbre y vi, al otro lado de la montaña, las laderas dinamitadas y las retroexcavadoras en movimiento. Esta gente intentó comprarnos y, como no quisimos vender, nos amenazaron; como las amenazas no nos doblegaron, se han puesto a jugar sucio, explicó Sor Francisca. ¿Qué están haciendo? Regalan drogas a los internos y, cuando los muchachos vuelven a la adicción, les pagan para que saboteen las labores de la comunidad o roben en las casas de los vecinos. Antes los campesinos nos querían, ahora están haciendo fuerza para que nos vayamos. Y la policía ¿qué dice? Que no podemos culpar a los mineros de que los muchachos sean unos adictos y unos delincuentes. No va a ser fácil; si la policía está haciéndose la tonta, es que detrás de esa explotación hay gente poderosa. La última vez que hablamos, Aroldo me dijo que usted sabía tratar con gente así. En una época me volví gente así. ¿Verdad?, preguntó Sor Francisca. Sí, la vida lo arrastra a uno, contesté. Bueno, ahora Dios le está dando la oportunidad de recompensar el daño que hizo, dijo Sor Francisca. Sonreí y regresé junto a Sor Francisca a los edificios de la comunidad. Ella me acomodó en una habitación de las que usaban los muchachos y, después de descansar un rato, salí a ver si podía hablar con los mineros. Aquí no puede estar, dijo el hombre que comandaba el grupo paramilitar que custodiaba la explotación minera cuando me encontró sentado en una piedra, mirando cómo la maquinaria removía tierra. ¿Quién lo dice?, pregunté. Yo, contestó el hombre con altanería, y ya le iba a contestar con la misma altanería cuando tropecé con sus ojos y me sentí desconcertado. Me gustaría hablar con su jefe, solté apenas conseguí serenarme. El hombre y quienes lo acompañaban me miraron como a una cucaracha y fue claro que querían pisarme y, apenas estuviera bien espichado, patearme. El dueño nunca viene por aquí, dijo el hombre. Dígale a su jefe que soy una monja y que quiero conocerlo, dije y el hombre y sus acompañantes rieron. ¿Una monjita?, dijo el que parecía ser el segundo al mando y me tanteó con el fusil. También puedo ser un cura, dije y aparté el fusil. Este man está muy altanero, necesita que le enseñen a respetar, dijo el que me había tanteado con el fusil. No, que nos anote el número de teléfono en un papel y consultamos el asunto con los jefes, dijo el jefe de los paras. ¿Se decidieron a vender?, preguntó un abogado que mandó la compañía para hablar conmigo. No, pero quieren un tiempo para pensarlo, contesté. Esas monjitas ya acabaron con la paciencia de mis patrones, lo mejor es que se vayan o serán responsables de lo que ocurra. La amenaza fue tan clara que asentí y me despedí. El jefe paramilitar me acompañó a la salida del campamento y otra vez me sentí raro, como si fuera Superman y ese man estuviera hecho de kriptonita. Esa gente ya tiene planeado el golpe definitivo, lo mejor es irse, le dije a Sor Francisca después de aquella reunión. No vamos a irnos, exclamó ella y, como fue igual de tajante que el abogado, salí de su oficina y me puse a caminar por la comunidad a ver si se me ocurría una solución al problema. Hablé con algunos de los muchachos que estaban fuera de control, sopesé las respuestas que me dieron y supe que el golpe final lo iban a dar esos mismos muchachos. Toca expulsar a los que han aceptado drogas y dinero de los mineros o nos van a hacer un motín, advertí a Sor Francisca. Hacer eso es peor que irnos, es aceptar que fuimos incapaces de rehabilitar estas almas. Es la única forma de ganar tiempo, dije. Busque otra manera, dijo Sor Francisca. Pero tiempo no había y, unas noches después, vi salir al grupo de muchachos rebeldes de sus dormitorios y decidí seguirlos. Unos metros delante de la puerta de la comunidad, se encontraron con el jefe de los paras y sus hombres y estos les entregaron cigarrillos y papeletas de bazuco. Los muchachos se pusieron a fumar el bazuco, el olor dulzón llegó hasta mí y, unos minutos después, ese olor se volvió tensión y las conversaciones y el ambiente tranquilo de la montaña se convirtieron en el ambiente denso de una cárcel. Lo más importante es quemar las construcciones, dijo el jefe de los paras a los muchachos y les entregó varios galones de gasolina y cajas de fósforos. Eso está hecho, exclamó el que llevaba la vocería de los muchachos. Después vuelven aquí, nosotros les pagamos y los llevamos hasta Bogotá, añadió el segundo al mando de los paras. Corrí a avisar a las monjas y, apenas si tuvieron tiempo de vestirse, despertar a los muchachos que no formaban parte de la revuelta, salir al patio y pararse en la entrada de los edificios. ¡No vamos a dejar que quemen la comunidad!, exclamó Sor Francisca cuando aparecieron los muchachos que habían recibido instrucciones de los paramilitares. Sorprendidos y enfrentados a una autoridad que aún respetaban, varios de ellos se quedaron paralizados y solo el que llevaba la vocería se enfrentó a Sor Francisca. Estamos cansados de que nos tengan encerrados aquí, de que nos exploten y nos traten como a locos, exclamó el muchacho. Nadie los tiene presos, los trajeron sus papás y se pueden ir cuando sus papás lo autoricen, replicó Sor Francisca. Yo me quiero ir ya, dijo el muchacho. Una cosa es irse y otra muy diferente quemar nuestro trabajo de años, dijo Sor Francisca, y tanto las demás monjas como los muchachos que las apoyaban asintieron. Justo en ese momento, se oyeron las camionetas de los paras y el jefe, el segundo y los demás hombres se bajaron de ellas y caminaron hacia donde estaban los sublevados. ¡Cobardes!, les gritó el jefe paramilitar y le quitó a uno de ellos la gasolina y los fósforos mientras sus hombres nos apuntaban con sus armas. Después, empezó a regar la gasolina en la entrada del edificio de las monjas y encendió el fuego. Iba a regar más gasolina, pero yo, a pesar de que verlo me seguía alterando, me tiré contra él y traté de quitarle la gasolina y los fósforos. El hombre, en lugar de forcejear conmigo, sacó una pistola y me disparó. ¡Rápido, busquen agua; no dejen que las llamas cojan fuerza!, grité, pero ni las monjas ni los muchachos se movieron, estaban sorprendidos de que las balas no me hubieran hecho nada. Obedezcan, gritó Sor Francisca y ahí sí las monjas y los muchachos se movieron, pero no fue necesario que hicieran mucho porque el jefe de los paras, también paralizado, había dejado de rociar la gasolina.

¡Malparido!, exclamó el segundo al mando al ver que el jefe se había quedado quieto y me disparó con el fusil; y, como las balas no me hacían daño, me pegó con la culata del arma, me tiró al suelo y empezó a patearme. No se meta con él, ¿no ve que acaba de ocurrir un milagro?, exclamó el jefe de los paras e intentó desarmar a su propio subordinado. El hombre no se dejó desarmar, apuntó al jefe, le disparó en una pierna y apuntó a la cabeza para rematarlo. No va a matar a nadie en mi comunidad, dijo Sor Francisca y se puso en medio del jefe de los paras y de su segundo. El hombre se encaró con ella, pero los demás paras se pusieron del lado de la monja. Vámonos, esto está muy raro, dijeron varios de los paramilitares. Sí, mejor vámonos, dijeron los demás y, al ver que sus hombres le desobedecían, el segundo al mando bajó el arma y caminó hacia su camioneta. Ya volveremos, amenazó el segundo al mando a su jefe y a las monjas antes de irse. Los muchachos y las monjas me rodearon y empezaron a tocarme a ver si era cierto que las balas no me hacían daño. Déjense de aspavientos, lleven al herido a la enfermería antes de que se desangre y los demás vuelvan a sus cuartos, ordenó Sor Francisca y las monjas y los muchachos obedecieron. Es mejor que descanse, dijo la hermana que había cerrado la herida al jefe de los paras. Descanse usted, yo lo cuido, de pronto esa gente vuelve esta misma noche, dije y la monjita, asustada, se fue a dormir. El hombre se quejó un buen rato hasta que se quedó dormido y, al verlo tan profundo, lo imité. Así que usted es inmortal, dijo el jefe de los paras cuando despertó. Nada de eso, tan solo ocurrió un milagro, Dios no quería que quemaran esta comunidad, dije. No soy bobo, lo supe desde que lo vi la primera vez. ¿Qué supo? ¿Qué cree? Prefiero no hacer suposiciones. ¿Tanto miedo le da cruzarse con su papá? ¿Cómo lo sabe? Lo sé, contestó él y ya no me resistí más y lo abracé. Es mejor que se vayan, pero, si quieren insistir en quedarse aquí, toca organizar la defensa, dijo mi papá apenas se sintió con fuerzas de volver al trabajo. Y, lo más importante, la huida de las monjas y los internos en el momento del ataque, añadí. Ustedes son los que saben del tema, organícenlo, dijo Sor Francisca. Fueron días raros no solo porque estaba estrenando papá y me sentía como un niño al que le habían regalado un juguete que no sabía manejar, sino porque en la mina cesó la actividad y el silencio se instaló en la montaña. Esos malparidos deben estar tramando algo grande, decía mi viejo, preocupado cada vez que revisaba nuestras defensas. Pero pasaron más días y el ataque nunca llegó; en su lugar apareció el abogado que me había amenazado, acompañado de una comisión judicial y un contingente de policía. La orden de desahucio es inmediata, dijeron el juez y el abogado a Sor Francisca y le entregaron una resolución que ordenaba el desalojo de la comunidad. Esta tierra es de nosotros, nos la heredó un benefactor, dijo Sor Francisca y le mostró las escrituras al juez. Los herederos del benefactor demandaron, recuperaron la propiedad y nos la vendieron, así que les toca desocupar, dijo el abogado de la minera. Al ver que había otras escrituras y que ya no tenía cómo seguir con la disputa, Sor Francisca agachó la cabeza y pidió tiempo para desocupar. Tienen una semana, dijo el juez. Es muy poco tiempo, dijo Sor Francisca. Y no solo eso, los nuevos dueños podrán iniciar trabajos de inmediato y aquí se quedarán los policías para evitar que haya más desórdenes, dijo el juez, le dio la mano al abogado y se marchó.

Mientras los trabajadores de la mina empezaban a destruir la obra de las monjas y las familias de los internos llegaban por ellos, mi papá y yo ayudábamos a las hermanas a empacar sus pertenencias y a botar lo que ya no necesitaban o no les cabía en las maletas. Mira lo que me dio Sor Francisca, dijo mi papá y mostró unas fotos en las que estábamos la hermana Julia y yo celebrando una navidad. Lo que me perdí por andar buscando una plata que nunca apareció, dijo mi papá. ¿Siempre estuvo de para?, pregunté. No, antes intenté montar varios negocios, pero era un borracho y me bebía la plata y terminaba en la ruina y rodeado de culebras. Con razón a mí también me gusta la cerveza, dije. Hasta que, una vez, estaba en Urabá y un comerciante al que le debía un montón de plata me dijo que, si lo acompañaba a amenazar a unos campesinos a los que les quería robar unos terrenos, me perdonaba la deuda. La vuelta se complicó porque los campesinos respondieron a las amenazas armándose y nos tocó asociarnos con unos paracos para poder ganar esa pelea. El jefe de los paras se dio cuenta de que yo sabía motivar a la gente y era zorro para moverme, y no solo ayudó al comerciante, sino que me ofreció trabajo a mí. ¿Cuántos años duró en esas? Haga cuentas: unos cinco años menos de los que tiene usted, contestó. O sea que usted mató a más gente que yo, dije. De pronto, no me gusta pensar en eso, dijo él. Tanto matar y seguimos jodidos, dije. Eso es lo más triste, que, si uno sobrevive, al final se da cuenta de que estuvo matando a la gente igual que uno, solo para que los ricos y poderosos de siempre se hagan más ricos y poderosos. A ambos nos usaron y nos botaron, dije. Lo peor de todo es que su mamá me lo advirtió, dijo mi papá. ¿Mi mamá?, pregunté. Sí, su mamá, susurró y se quedó callado y el viento de la montaña empezó a sonar como si supiera que cualquier momento de silencio entre nosotros podía convertirse en un problema. Pero ni el polvo ni el frío que llevaba aquel viento fueron capaces de evitar que le hiciera a mi viejo la pregunta que, hacía varios días, me daba vueltas en la cabeza: ¿Qué sabe de mi mamá? El movimiento de los hombros y el rato que se demoró en contestar dejaron claro que era una pregunta que no sabía cómo responder. Nunca más supe de ella, soltó. ¿Tan fácil se abandona a una mujer y a un hijo?, insistí. No se trataba de abandonar a nadie, se trataba de vivir mi vida, se defendió mi viejo. Intento que no me duela, pero me duele, confesé. Era demasiado joven, su mamá me gustaba, pero no estaba enamorado de ella y, además, cuando empezó con la idea de que usted era inmortal y hasta quiso atacarlo para demostrármelo, me acabó de espantar. Pero ¿nunca le dio curiosidad saber si seguía viva, saber qué había pasado conmigo? Alguna vez, pero después empezó la espiral de ambiciones, miedos y muertes que es ser paraco y ya no tuve tiempo de pensar en ustedes. Eso lo entiendo, dije. Si no es porque la vida nos cruza, nada me habría sacado de ese huracán. ¿Sabe qué he pensado estos días?, dije. ¿Qué? Que de pronto es cierto que el Divino Niño me hizo inmortal para hacer algo que de verdad arregle este país. ¿Algo como qué? Aún no lo he decidido, pero sé que haré algo o genial o muy brutal. Lo importante no es el país, lo importante somos nosotros, dijo mi papá. ¿Cómo así? Usted es inmortal, con esa facultad podemos ponernos a hacer plata. Yo ya tuve plata y no me sirvió de nada; lo que quiero, ya que no puedo volverme mortal, es acabar con tanta injusticia. No diga bobadas, míreme, me puse a actuar de forma justa con las monjas y ahora no tengo trabajo y, si usted no fuera inmortal, mis antiguos compañeros ya me habrían matado. A usted no lo salva que yo sea inmortal, sino que sea mi papá y yo lo quiera, dije y mi papá me abrazó y dejó de proponerme negocios sucios. Los días pasaron, cada monjita buscó nueva congregación o se fue a vivir con familiares y llegó el momento en que debía irse Sor Francisca y, detrás de ella, nosotros. Por más que se esforzó en botar cosas, Sor Francisca tenía varias maletas y muebles de trasteo y nos tocó a mi papá y a mí conseguir un camión para que pudiera llevárselos. Montamos los trastos en el camioncito; la monja, que había envejecido por completo en aquellos últimos días, se paró a nuestro lado y vio cómo habían tumbado la capilla, los dormitorios de los muchachos, y empezaban a poner dinamita en el edificio que ella era la última en abandonar. ¿No pueden ni esperar a que me vaya?, preguntó. Las esperamos demasiado tiempo, por eso ahora hay afán, dijo el operario que estaba a cargo de los trabajos de la minera. No lo puedo creer, se quejó Sor Francisca y empezó a temblar y, antes de que yo pudiera cogerla, se desplomó y cayó muerta. Así que el camión del trasteo se convirtió en coche fúnebre y nos tocó a mi viejo y a mí subir nuestros morrales en él y acompañar al chofer a entregarle a un hermano de Sor Francisca las pertenencias y el cadáver de la monja. ¿Todavía quiere hacer algo grande, que acabe con las injusticias de este país?, preguntó mi papá cuando salimos de la casa del hermano de Sor Francisca. ¡Claro!, exclamé. ¿Está seguro? Sí. O sea que, por fin, se decidió, dijo mi papá. Hace un tiempo, cuando me echaron del negocio del narco, me iba a adosar una bomba al cuerpo e iba a volver donde estaban reunidos aquellos traidores y explotarla; no lo pude hacer porque, justo en ese momento, Leidi perdió el bebé, conté y a mi viejo le brillaron los ojos. Pero, cada vez que veo estas injusticias, me dan ganas de colarme en el Congreso de la República o en cualquier lugar donde estén reunidas esas gonorreas y llevar a cabo ese plan, añadí. Es una buena idea, si algo he aprendido en este mundo es que a los asesinos solo se les enseña el valor de la vida matándolos, dijo mi papá. El asunto es que volar solo a los congresistas no sirve, toca llevarse de una vez al presidente, a los ministros, a todas las ratas que trabajan con ellos, concluí. Pues estamos de suerte, dijo mi viejo y me mostró la portada de un periódico. Es verdad, en pocas semanas habrá posesión presidencial, exclamé. Ahí estarán todos, dijo mi papá. Se nos apareció el Divino Niño, dije. Nada de eso, seremos los dos, padre e hijo, quienes haremos que esa posesión deje de ser el teatro de siempre y se convierta en el cambio que necesita Colombia, afirmó mi papá y, por primera vez en la vida, lo miré con admiración, le sonreí esperanzado y lo abracé.

El plan era fácil de ejecutar; muchos de los paramilitares con los que había trabajado mi viejo se habían reconvertido en guardaespaldas de políticos y empresarios y en asesores de seguridad del Congreso y la Presidencia. La bomba la armo yo, que para eso me pagaron los patrones un curso en Israel, explicó mi viejo. ¿Y la entrada a la posesión?, pregunté. Uno de mis excompañeros se va a hacer el enfermo y nos va a pasar la credencial de entrada al acto y, además, ya sabemos quiénes estarán vigilando las demás entradas y estaremos coordinados con ellos, añadió mi papá. ¿Está seguro de que ninguno de esos manes nos va a traicionar?, pregunté, no solo porque desconfiaba de los compinches de mi papá, sino porque me empezaba a arrepentir de aquel plan tan sangriento. Esos manes y yo les trabajamos sin descanso a quienes hoy llegan al poder, por órdenes de ellos matamos a mucha gente y, en lugar de recompensarnos, nos metieron a la cárcel, nos mandaron matar, nos extraditaron o nos sacaron el culo y nos dejaron en la miseria, volvió a contar mi papá. Trabajarles a los poderosos solo es una forma de suicidio, dije. Desde hace mucho tiempo, la mayoría de nosotros ha querido vengarse, y usted es esa oportunidad que estábamos esperando, dijo mi viejo. Aquellas palabras, en lugar de tranquilizarme, me hicieron dudar aún más del plan. No se trata de venganza, sino de justicia, corregí. Lo que para usted es una cosa, para mí es otra, dijo mi papá, y yo, que veía en sus ojos orgullo por ser mi padre, me tragué las dudas y dejé que el plan siguiera adelante. El día de la posesión, salimos del hotelito donde estábamos instalados, caminamos las calles que nos separaban de la Casa de Nariño, fuimos pasando control tras control mientras mi papá saludaba a viejos compañeros y, antes de lo pensado, estábamos sentados junto a los invitados a la ceremonia. ¡Qué gusto me va a dar salir de toda esta plaga!, exclamó mi papá y yo me puse a revisar a quienes me rodeaban. Además de

Atehortúa que iba a ser comandante de la Policía, de Martínez que iba a ser ministro de Defensa y de Rafael Molano que iba a ser presidente del Congreso, estaban el dueño de los noticieros y las gaseosas, el dueño de los otros noticieros y las cerveceras, el dueño de los bancos, las constructoras y las carreteras, los dueños de los otros bancos, las minas y las cementeras y los representantes de las multinacionales con los que se asociaban esos dueños para saquear al país. Estaba hasta Lázaro Jaramillo, que había sido el tesorero de la campaña electoral del nuevo presidente, y estaban los políticos que hacían leyes y vendían el alma para mantener al país sumido en la violencia y la injusticia. Mato a esta gusanera y listo, se arregla Colombia, pensé; pero también vi que en aquella explanada había una buena cantidad de niños y muchos trabajadores que guiaban a los invitados y les servían bebidas y pasabocas. En una operación importante siempre hay víctimas colaterales, dijo mi papá cuando le comenté mi preocupación por los inocentes. Pues sí, dije y, de nuevo, acepté las palabras de mi viejo para que no me viera dudar y eso pudiera defraudarlo de su hijo recién recuperado. Me voy, no olvide que, apenas explote la bomba, tiene que correr hacia la salida por la que entramos y ahí estaré con una moto para irnos lejos de aquí. Lo tengo claro, dije y él se metió entre la multitud y desapareció. Buscaba una silla para sentarme a esperar que empezara la ceremonia cuando oí una voz conocida. Nunca imaginé que a los inmortales les gustara la farsa de la política, dijo alguien a mi lado y volteé a mirar y tropecé con la mirada del Chamán; estaba acompañado de Otilia y los dos gemelos. ¿Usted aquí?, pregunté. ¿Cómo le parece?, contestó el Chamán. Este presidente va a destruir aún más a la Amazonía y a su pueblo, dije. A los enemigos es mejor tenerlos cerca, anotó él. ¿Cómo hizo para entrar?, pregunté. Me invitó el Presidente, contestó. ¿Tan cerca le gusta estar de los enemigos?, pregunté. Ellos me buscan para darle un toque étnico a las campañas electorales y yo, que también los necesito para ser importante entre los míos, me dejo querer, dijo. Si yo tuviera acceso a esta gente, aprovecharía para envenenarla, dije. El que sigue envenenado es usted, dijo Otilia. Intenté hacerle caso, dejar el crimen, insistir en el amor, pero fue imposible, me excusé. Usted siempre se derrota antes de tiempo, me regañó Otilia. ¿Ha engordado o es que tiene una bomba pegada al cuerpo?, preguntó el Chamán. ¿Una bomba?, repetí en un intento de disimular. Como está hablando de matar gente..., dijo el Chamán y se me acercó y me abrió la chaqueta. Eso no es hacerme caso, se quejó Otilia. Claro que sí, no logré llevar una vida tranquila, pero he decidido coger el control de mi vida y hacer lo necesario para que el mundo mejore, solté. Antes de que cometa una locura, quiero presentarle a alguien, dijo el Chamán y les pidió a los gemelos que fueran por «la otra invitada». El par de muchachos desaparecieron entre el gentío y regresaron empujando una silla de ruedas en la que venía sentada una mujer bastante mayor. Hijo, susurró la mujer y me acarició la cara. En un primer momento, no supe cómo reaccionar, pero, cuando ella me cogió de la mano y repitió la palabra hijo, me desmoroné. ¿Cómo supiste que iba a estar aquí?, pregunté. Tu papá no se aguantó las ganas y me llamó y me lo contó. ¿Mi papá? Sí, nunca hemos perdido el contacto, mejor dicho, nunca ha dejado de pedirme dinero, dijo mi mamá. Y su mamá me llamó y me pidió ayuda; nos conocemos porque ella tiene una casa de acogida para víctimas de la guerra y atendió a varias indígenas de mi pueblo después de una masacre en el Putumayo, explicó el Chamán. Es mejor que se vayan, dije. No vayas a explotar esa bomba, dijo mi vieja. Si, ahora que tiene más conciencia, mata a esta gente nunca dejará de ser inmortal, advirtió el Chamán. ¿Cómo sabe que ahora tengo más conciencia?, pregunté. Si no la tuviera, no estaría aquí pensando en cambiar el país, contestó. Si no mato a esta gente, la injusticia va a seguir igual. Si los mata, tendrán excusa para ser más crueles y va a ser peor, dijo mi mamá. Y tampoco va a cambiar nada, los políticos son peores que los narcos, a los narcos los matan y la gente los olvida, a los políticos les hacen estatuas, dijo Otilia. No puedo dejar que sigan haciendo tanto daño, insistí. Los dioses se encargarán de castigarlos, dijo el Chamán. Llevo toda la vida esperando este momento, dije. Yo también llevo toda la vida esperando recuperarte, dijo mi mamá y empezó a llorar. Las lágrimas de mi vieja me hicieron dudar de nuevo. Piénseselo mientras oímos los primeros discursos, propuso el Chamán porque ya la gente había terminado de acomodarse y Molano estaba probando el micrófono para empezar a hablar. Por favor, hijo, susurró mi mamá. No fui capaz de negarme, me senté junto a ella y dejé que me cogiera de la mano. *Nunca antes este país tuvo una oportunidad mejor y nunca antes esa oportunidad coincidió con la suerte de tener en su timón un político tan honesto y preparado como el hombre que va a recibir hoy las riendas del gobierno*, terminó Molano. Aunque mi mamá ya me tenía casi convencido de abandonar el plan, ver al senador al que Índice y yo le habíamos pagado las campañas electorales decir tantas mentiras, y ver a Atehortúa y Martínez llenos de medallas y condecoraciones y listos para llegar a la cumbre de sus carreras en las fuerzas armadas, me volvió a llenar de rabia. Esta gente, como mínimo, merece que le pegue un susto, le dije a mi vieja y me levanté y empecé a caminar hacia el atril donde iba a hablar el nuevo presidente. Compatriotas, saludó el Presidente, pero no pudo continuar porque llegué tan cerca de él que aparecí en las pantallas que reproducían la trasmisión de televisión. Los soldados, policías y detectives que protegían al Presidente corrieron a detenerme, pero yo me abrí la chaqueta, mostré la bomba y amenacé con explotarla si no me dejaban hablarle a Colombia. Siéntese entre el público, ordené al Presidente y, como estaba tan acostumbrado a cumplir órdenes, lo hizo de inmediato. Si alguien se mueve o si cortan la trasmisión por televisión saltarán por los aires, amenacé y mostré el detonador de la bomba. *Este país nunca me ha dado nada, solo muerte y abandono; aun así, yo, igual que la mayoría de los colombianos, lo quiero y deseo salvarlo*, dije mientras las pantallas gigantes ampliaban mi cara. *Y porque lo quiero, pensé que debía hacer algo bueno por él y concluí que matar a quienes estaban en esta posesión era lo mejor que podía hacer. Pero ahora los veo ahí, con sus uniformes, sus peculados, sus ambiciones, y veo que ya ni siquiera merecen la muerte, están aquí como chulos enfermos acechando los restos de nuestra Patria; matarlos sería como quemar basura, no solucionaría nada y sí contaminaría más. Así que, queridos compatriotas, ustedes han elegido a estos criminales y, aunque podría acabarlos hoy, no lo haré porque aquí también hay gente buena, trabajadora, hay niños y, aunque es casi seguro que estos niños también se convertirán en corruptos y criminales, el fin de estos chulos no compensa la muerte de ningún inocente. Ya votaron y se dejaron engañar, ¡aguántenselos! En este momento, tal vez el momento más importante de mi existencia, elijo seguir buscando el amor y continuar tranquilo con mi vida y mis asuntos*, cerré. Justo en ese momento, de entre los invitados, salió uno de esos empresarios jóvenes y criados entre el narcotráfico y el paramilitarismo y que consideran el asesinato una herramienta de progreso, y alzó una pistola y me apuntó. Disparémosle a la cabeza, la bomba la lleva en el cuerpo, propuso el hombre. No, que si se descacha nos mata a todos, dijo Atehortúa. No me voy a descachar, estoy muy bien entrenado, dijo el que me apuntaba. Ese man es inmortal, puede que atine y le dé en la cabeza, pero no lo va a matar, seguirá vivo y podrá accionar el detonador, explicó Martínez. Yo no creo que este terrorista sea inmortal, dijo el hombre que me apuntaba y, en lugar de obedecer a Atehortúa y a Martínez, caminó hacia mí. La actitud del hombre me sorprendió, no supe qué hacer y la gente, al verme dudar, se levantó de las sillas y empezó a correr hacia las salidas. Adelante iba el Presidente, detrás de él iban Lázaro y Molano, y junto a ellos iban los empresarios que habían ido allí a celebrar que tenían negocios palabreados con el nuevo presidente. Unos pasos atrás de los empresarios corrían los diplomáticos y los representantes de las multinacionales y, más retrasadas, corrían las esposas que habían alzado los niños e intentaban salvarlos. Solo seguían quietos algunos policías y algunos meseros que no se decidían a irse porque temían ser despedidos por abandonar el lugar de trabajo. Si le dispara, nos mata a todos menos a él, repitió Atehortúa. Si tienen tanto miedo corran; yo solo acabo con este bandido, exclamó el hombre que me apuntaba. La multitud se alejaba y yo seguía con el detonador en la mano sin ser capaz de activarlo. No me vaya a disparar que la bomba explota y puede matar a alguien, dije al joven emprendedor apenas estuvo a pocos pasos de mí. ¡Además de guerrillero, cobarde!, exclamó el man y disparó. La explosión mandó lejos a los policías que aún me rodeaban y, apenas pasó la humareda, fue uno de ellos el que gritó: ¡es verdad, no le pasó nada, es inmortal! La gente que aún no había logrado abandonar el Patio de Actos volteó a mirar y, con la misma rapidez que huía, se devolvió hasta donde yo estaba. Algunos empezaron a tocarme y, después de hacerlo, se arrodillaron y empezaron a rezar y yo hice lo mismo que había hecho en la iglesia de Chuzo: me puse a repartir bendiciones como si en verdad fuera un santo capaz de cambiar vidas. Martínez y Atehortúa se sacudieron el polvo de los uniformes y dieron a sus subalternos la orden de detenerme, pero el milagro había convertido a aquellos subalternos en fieles míos y no hubo quien cumpliera sus órdenes. Fueron esos hombres quienes me rodearon para protegerme y quienes me siguieron cuando me cansé de tanta algarabía, caminé por encima de las rejas que la explosión había tumbado y busqué la Séptima. Antes de hacerlo, volteé a mirar y vi que en el patio de la Casa de Nariño solo quedaban mis viejos socios llenos de rabia, un montón de sillas vacías, el atril roto y los demás escombros de la explosión.

Ya en la calle, la gente seguía intentando tocarme y solo pude irme del lugar porque los policías y militares que habían caído presos del fervor pusieron orden y me acompañaron hasta el hotel donde me había hospedado los últimos días. *Lo ocurrido en la fallida posesión presiden-cial no fue ningún milagro, como dicen los rumores que han difundido de forma irresponsable algunos de los asistentes al acto. Lo que en verdad ocurrió es que las fuerzas de seguridad usaron balas de salva para asustar al saboteador y, al mismo tiempo, resguardar la seguri-dad de las personas allí presentes*, explicaron esa misma noche los noticieros de televisión. Al otro día, al contra-rio de lo que esperábamos mi papá y yo, en la portada de los periódicos no estaban mi cara ni mi breve discurso, sino las declaraciones en las que Atehortúa explicaba que, gracias a sus decisiones, no había habido ningún muerto y que los pocos heridos eran leves y se habían lastimado por no seguir las instrucciones de las autoridades. Ni famoso ni arregló el país, se quejó mi papá. Culpa suya que no se aguantó las ganas de contarle el chisme a mi mamá, protesté yo. Si algo bueno ha hecho su papá en esta vida fue avisarme, eso evitó que hubiera habido una masacre, dijo mi mamá. ¿Y ahora qué hacemos?, pre-guntó mi papá. Ahora vamos a reorganizar esta familia y, como ustedes dos lo han hecho tan mal, lo ideal es que me colaboren en una fundación que tengo para ayudar a víctimas de la guerra, dijo mi mamá. No sé, tal vez lo mejor sea que el muchacho y yo nos escondamos por un tiempo, seguro que ya nos están buscando para cobrarnos la embarrada de ayer. No va a haber un lugar donde es-condernos, dije yo. Nada de esconderse, al contrario, es el momento de dar la cara y, lo más importante, tener fe en

Dios, dijo mi mamá. El viejo y yo nos mirábamos incrédulos cuando tumbaron la puerta de la habitación del hotel y entró un grupo de asalto y, detrás de ellos, Martínez y Atehortúa. Esta vez sí la cagó y bien cagada, exclamó Martínez y ordenó a los hombres amarrarme de pies y manos. Esto es un abuso, no tienen derecho a hacerle daño, gritó mi mamá, pero ya los militares se habían encargado también de ella y de mi papá. Ver a los viejos amarrados y pensar que lo que me esperaba era otra larga época de encierro me hizo sentir estúpido y entendí que mi mamá tenía razón, que enfrentar al poder es, la mayoría de las veces, alimentarlo para que se haga más fuerte. Este man siempre ha sido un problema; si hubiéramos podido matarlo, hace tiempo que las cosas estarían resueltas, dijo Atehortúa. No importa que viva o muera, lo importante es que ya nunca más va a ver la luz del sol, dijo Martínez, e iba a dar orden de que nos sacaran del hotel y nos subieran a los camiones del Grupo de Acciones Especiales cuando, por la misma puerta que habían entrado ellos, entró el Chamán. No se precipiten, pidió el Chamán. Esta es una misión oficial, es mejor que no interfiera, dijo Martínez. Yo también estoy aquí en misión oficial, dijo el Chamán. ¿Cómo así?, preguntó Atehortúa. Tengo orden del presidente de llevarme a los prisioneros. Este man se volvió loco, dijo Martínez y dio orden a los soldados de amarrarlo también a él. Antes de tocarme, yo llamaría a su jefe, no sea que se vaya a meter en un lío, dijo el Chamán. Es verdad, hay orden de entregarlos, dijo

Atehortúa apenas habló con el recién electo presidente. ¿A qué acuerdo llegaron?, preguntó Martínez. Si el hombre deja de ser inmortal, deja de ser un peligro para todos, dijo el Chamán. ¿Usted es capaz de hacer eso?, preguntó Atehortúa. Yo no, los dioses que actúan a través de mí, contestó el Chamán. ¿De verdad nos va a resolver el problema?, insistió Atehortúa. No se preocupe, yo me encargo del tema, dijo el Chamán. ¿Seguro?, dijo esta vez Martínez. Seguro, el hombre ya está listo para abandonar la inmortalidad, afirmó el Chamán. Una sola cagada más y lo metemos en un lugar donde viva encerrado por la eternidad, amenazó Atehortúa. Yo nunca le he fallado, mi general, dijo el Chamán. Espero que esta vez no sea la primera, dijo Martínez y salió de la habitación junto a Atehortúa y el grupo de asalto. Si es verdad que ya me puede volver mortal, hagámoslo, dije. Toca hacer otra toma de ayahuasca, estoy seguro de que está preparado para salir de esa maldición que le echó el Divino Niño, dijo el Chamán. No fue ninguna maldición, fue una bendición, solo que el muchacho se descarrió y no supo aprovecharla, dijo mi mamá. Sea lo que sea, lo que quiero es ser normal, dije yo. Vamos para la Calera, allá está todo listo para hacer la toma, dijo el Chamán.

Llegamos a una finca que tenía una casa armada con vidrio, concreto y mucho dinero y, como suele ocurrir, detrás de ella había un kiosco que en lugar de paredes tenía vitrales; uno de esos caprichos de rico con ilusiones espirituales. No creo en esas herejías, dijo mi mamá y se negó a entrar al kiosco. ¿Puedo acompañar al muchacho?, preguntó mi papá. Sí, lo va a necesitar, contestó el Chamán. Me quedo con la señora, dijo la mujer del Chamán. Y nosotros con ellas dos, dijeron los gemelos y quedó claro que yo era el único que creía que el Chamán podía quitarme de encima la maldición de ser inmortal. Para completar la extraña situación, dentro del kiosco había un montón de gente que, por la ropa de algodón blanco e impecable que llevaban, la forma suave pero segura de hablar y el bienestar que irradiaban, nada tenían que ver conmigo o con mi viejo. Éramos dos intrusos en un mundo donde la felicidad era un objeto de lujo y, por eso mismo, solo podían pagarla quienes obtenían ganancias gracias a la guerra o a las injusticias que mi viejo y yo llevábamos marcadas en el cuerpo y la cara. El Chamán aceptó las cortesías, devoción y lamboneria de los asistentes a la toma de yagé, dio instrucciones para que mi papá y yo nos acomodáramos en un rincón del kiosco y, una vez que confirmó que la noche avanzaba y que el silencio empezaba a ser más poderoso que los ruidos y las voces de las casas cercanas, empezó a cantar. La música volvió mágico el ambiente, volví al sabor amargo de la ayahuasca en la boca, a las visiones de luces fosforescentes, al muro negro donde esas luces jugaban, a la aparición del jaguar y a sus garras capaces de romper la oscuridad. También volvieron los pedazos de muertos que flotaban a mi alrededor; los gusanos que, a veces, detenían la orgía de la que disfrutaban y me miraban entre curiosos y agradecidos para después volver a hundirse en el placer de la carne picha. Apenas los gusanos me olvidaban, oía las voces y los lamentos de los asesinados, violados y descuartizados y sentía que esos gusanos no se estaban comiendo la carne de mis víctimas, sino mi corazón y el poco amor que aún chapaleaba en él. Mi tristeza, mi culpa y mi vacío eran intensos e infinitos y solo podía combatirlos vomitando, como si el cuerpo pudiera, con sus espasmos y contracciones, exorcizar el dolor del mundo. Lo más increíble es que la guerra entre la carne y la eternidad la ganó el cuerpo y, cuando ya tenía convulsiones y mi papá estaba pensando que me iba a morir y que, si eso ocurría, él mismo iba a matar al Chamán, el jaguar volvió a aparecer, me miró divertido, cruzó el muro negro y desapareció. En ese momento, el pecho se me inflamó, la garganta se me llenó de humo y, aunque esperaba vomitar un íncubo de los que salen en las películas de terror, vomité una orquídea. La más bella y tersa orquídea que yo, que había recorrido tanta selva y tantas montañas, no había visto jamás en mi vida. ¡Está hecho!, exclamó el Chamán y cogió la orquídea, la acercó a una planta que había en el kiosco y la orquídea se abrazó a ella como si hubiera nacido y crecido allí. A pesar de estar en una montaña repleta de casas ostentosas y junto a una ciudad que no paraba de engullir tierras y poblados, volví a sentirme en la selva, regresaron a mí su luz, sus sonidos, la placidez de los ríos y el olor de la tierra y los árboles después de la lluvia. Empecé a llorar, primero muy suave porque no tenía fuerzas, pero, poco a poco, con más intensidad, como si, de repente, mi cansancio se hubiera vuelto líquido y necesitara salir lo más pronto posible de mi cuerpo. Mi papá, conmovido por mi dolor y por el milagro de la orquídea, también se puso a llorar y, cuando los dos por fin nos tranquilizamos, vimos que en el kiosco solo quedábamos él, el Chamán y yo. La próxima vez le toca a usted, dijo el Chamán a mi papá. No creo que me atreva, dijo mi viejo. No es algo que se pueda eludir, un día su espíritu le pedirá que lo limpie y usted no podrá negarse, explicó el Chamán. ¿Cómo puedo estar seguro de que funcionó?, pregunté. Mírese las manos, contestó el Chamán. Le hice caso y vi que la piel de mis manos había envejecido y que las líneas de la palma habían pasado de ser casi inexistentes a ser oscuras y profundas. También le cambió la mirada, dijo mi papá. Ya no es un ser ajeno al tiempo, es un hombre sometido a los vaivenes y las pasiones de la naturaleza, explicó el Chamán. Me siento raro, pero superfeliz, dije. Aproveche la vida porque tampoco es mucha, aconsejó el Chamán. Lo voy a hacer bien, prometí. Voy a estar pendiente, dijo el Chamán. Vamos, dijo mi papá y fuimos en busca de Otilia, los gemelos y mi vieja. Ellos se habían cansado de esperarnos a la entrada del kiosco y estaban en un prado disfrutando de los primeros rayos del sol y de un desayuno que los dueños de la casa ofrecían para quienes habían tomado ayahuasca. La idea era que pudieran sentir que volvían a un mundo donde se disfrutaban y digerían arepas, chocolate y huevos revueltos y no las confusiones, traumas de la infancia, complejos, desencantos, obsesiones y culpas que obligaba a enfrentar y procesar el yagé.

La mortalidad no me llegó sola, me llegó con un grado más de ingenuidad y lo primero que hice fue irme a Medellín a buscar a Leidi para decirle que ya no era inmortal y que la seguía amando. Me tocó viajar en bus y, además de poder disfrutar del paisaje sin estar pendiente de no estrellarme, por primera vez en la vida disfruté y me conmoví con la música. Ya entiendo por qué la gente se vuelve tan loca con las canciones, pensé y seguí tan emocionado con lo que oía que el viaje se me hizo corto. ¿Extraditado?, le pregunté a Índice porque justo cuando llegué a su casa lo sacaban esposado varios hombres de la DEA. Exacto, llegó apenas para despedirme. ¿Y toda la plata que le pasamos a esta gente? Esos son pagos temporales; una vez que son ricos, te tienen que entregar para disimular y quedar como héroes. No quiero que te lleven, dije y lo abracé. Él me abrazó y me dijo al oído: me siento feliz de poderle dar las gracias antes de irme. No lo imagino en una cárcel de esas gringas. No se preocupe ni le haga caso a las noticias, es negociado, nos veremos antes de lo que imagina. Ya estuvo bien de charla, dijo el agente de la DEA que comandaba a los policías, y se llevaron a Índice. ¿Ya sabes lo de tu hermano?, le pregunté a Leidi apenas llegué a la casa de ella. Claro, contestó, y le iba a reclamar por no estar al lado de él cuando vi que estaba embarazada. Sigue, ya no puedo estar mucho tiempo de pie, dijo. ¿De quién es?, pregunté. Mío, dijo una voz y detrás de ella apareció Rolando. Aunque la sorpresa me tenía mareado y sentía un dolor que no me dejaba respirar, tuve fuerzas para pedirle a Rolando que me dejara hablar a solas con Leidi. ¿Te parece bien?, le preguntó Rolando a Leidi. Sí, contestó ella. Tengo algo que decirte, dije apenas estuvimos acomodados en el sofá. ¿Qué? Lo conseguí, exclamé. ¿Conseguiste qué? Ser mortal. ¿Verdad? Sí, ya soy mortal. Yo si te veía algo raro. Ya podemos volver, dije. ¿Volver? Incluso podemos retomar el negocio, salvar a Índice, dije. No te puedo contar lo que ha pasado en tu ausencia, pero, en este momento, lo mejor es que mi hermano vaya preso a Estados Unidos. Bueno, no hablemos de eso, hablemos de nosotros. Ya es muy tarde, ¿no ves que estoy embarazada?, dijo Leidi. Eso no importa, me hago cargo del niño. ¿No puedes entender que ya no quiero? Pero ahora soy mortal, dije y la cogí duro de la muñeca. Suéltame, dijo ella. Por favor, mi amor, insistí. Tú, ni mortal ni inmortal entiendes nada. Cuando te conocí no eras tan dura ni tan ambiciosa, eras una mujer llena de ganas de vivir y amar. Viví, he vivido mucho, y amar, ya amé, dijo Leidi. Fue una época linda, aún podemos revivirla. Ya no, los tiempos cambian, dijo Leidi. ¿Qué ha cambiado? ¿De verdad tengo que explicártelo? Antes me gustaba andar por ahí de tonta, ahora me gusta el dinero, las propiedades, los viajes. Nada de eso es tan valioso como el amor. Ahora puedo negociar con el ejército, la policía, hasta fui yo la que negoció con la DEA y la CIA la entrega de mi hermano. Olvídate de todo eso, al final tú también terminarás extraditada, dije y volví a cogerla del brazo. Suéltala, dijo Rolando y me dio un golpe por la espalda. Yo me volteé para intentar defenderme, pero Rolando me tiró al suelo y empezó a darme patadas y, cuando ya estaba medio inconsciente, me arrastró al patio y sacó una pistola y me apuntó. Vamos a saber si este güevón de verdad se volvió mortal, dijo. Nada de eso, dijo Leidi y le ordenó a Rolando guardar el arma. Después llamó a una de las empleadas de la casa, entre las dos me acomodaron en una silla y me curaron. Es mejor que te vayas, me dijo. Perdonémonos, volví a pedir. Si no fuiste capaz de sacar partido de esta vida siendo inmortal, mucho menos ahora que eres mortal, dijo Leidi. Es verdad, ábrase, ya nos hizo perder mucho tiempo, dijo Rolando que igual seguía vigilando y, esta vez sin que Leidi le dijera nada, me agarró de la ropa, me arrastró por la casa, me tiró fuera y cerró la puerta.

Viajé a Bogotá en bus, viendo pasar los pueblitos, viendo el agua caer por las montañas y, a pesar de que me dolía haber comprobado que no tenía ni la menor oportunidad con Leidi, la música y los paisajes me llenaron de esperanza. En alguna curva de la carretera, el amor por Leidi, así como había surgido y era insoportable, desapareció; como si volverme mortal me sirviera para experimentar que los sentimientos también mueren. Olvidado el amor por Leidi, me entró ilusión de conocer la casa en la que vivía mi mamá, donde tenía la fundación que dirigía y que, además, iba a ser mi casa por muchos años. En ese bus dejé atrás la obsesión con la muerte que me había perseguido tantos años y, lo más importante, sentí que, como hace la mayoría de la gente, podía hacerme el loco con la atrocidad y la injusticia. No quiero saber nada del pasado, quiero que miremos hacia adelante, dijo mi vieja cuando me empecé a tomar la sopa que mi papá me sirvió apenas llegué a casa. De eso quería hablarle, dije. ¿De qué?, preguntó ella. He decidido aceptar la oferta que me hizo de trabajar con usted, dije. Yo decidí lo mismo, dijo mi papá. Mi vieja nos miró feliz. ¿Cuándo empezamos?, pregunté lleno de entusiasmo. Antes tenemos que ir a ver al Divino Niño, dijo mi mamá. Pero si ese man fue el que nos metió en este problema, se quejó mi papá. No es ningún man y, si alguien tiene que ir a pedirle excusas a Dios, es usted, le dijo mi mamá a mi papá. Como sumercé diga, aceptó mi viejo. Igual, yo hace días que quiero hacerle una pregunta, dije. Mi mamá dejó que me tomara la sopa, se arregló como si en lugar de ir a una iglesia fuera a un matrimonio, nos obligó a mi papá y a mí a hacer lo mismo y salimos para el Veinte de Julio. Andando, dijo mi mamá a mi papá una vez que oímos el sermón y se empezó a ir la gente. Aunque estaba claro que el Divino Niño ni los miró, los vi arrodillarse delante de la estatua, rezarle un largo rato y hacerle una venia para despedirse. No conseguí mostrarle a Colombia el valor de la vida, le dije al Divino Niño, cuando mis viejos me cedieron el turno para hablar con él. Fracasó, pero aprendió a amar, dijo el Divino Niño. Hubo un momento en que me hubiera gustado conseguir que este país fuera mejor, confesé. No te preocupes, yo soy un Dios, llevo décadas intentándolo y tampoco lo he conseguido, este país es muy tenaz, dijo el Divino Niño. Aun así, tengo una duda. Pregunta, dijo el Divino Niño. ¿Por qué me embaló? Estaba aburrido y me dio por probar, contestó el Divino Niño. ¿Era un juego? Sí, contestó sin dudar el Divino Niño. No puedo creerlo. Mírame, ordenó el Divino Niño. Obedecí. Me paso día y noche aquí, con las manos extendidas, repartiendo bendiciones, intentando hacer milagros; a veces me canso, salgo de aquí, me aparezco a alguien y hago estas pilatunas, dijo. Ha sido muy duro, he sufrido demasiado. No me hagas reír, dijo el Divino Niño. ¿No me crees? Has viajado, tenido aventuras, salud, dinero, amor, no seas quejetas. Mejor me voy. Al menos echa una limosna antes de irte. ¿Y si no lo hago?, pregunté. ¿Quieres que llame a tu mamá? Toma, dije, y eché la moneda. Bendiciones, dijo el Divino Niño y sonrió. Lo observé y, de pronto, la rabia se me fue volviendo desencanto y recordé a esos niños que Hollywood convierte en estrellas y después abandona para que se autodestruyan. Si en algo tenía razón el Divino Niño era que en Colombia no había fracasado yo, había fracasado él, concluí mientras abrazaba a mi mamá para salir de allí. ¿No te parece divino?, preguntó mi vieja cuando ya estábamos en la plaza que hay frente a la iglesia. Es divino, pero está un poco gordo, contesté.

Unos días después, ya estaba instalado en casa de mi mamá y ella ya me había inscrito en un curso de enfermería y me había convertido en el asistente de un médico que iba dos veces por semana a atender a las víctimas. Encontrar a mi papá me había dado seguridad y me había hecho volver a creer en la vida, pero encontrar a mi mamá, sentir el amor con el que me miraba ese atado envejecido de huesos, me cambió por completo. En un mundo que siempre lo induce a uno a matar, la única reivindicación posible de la vida es querer a la mamá. La casa donde mi vieja atendía a víctimas de la guerra quedaba en Santa Librada, un barrio que décadas antes había sido fundado por desplazados de guerras anteriores y al que seguían llegando víctimas de la violencia actual. Ver a las mujeres que atendía me hizo entender que, además de la guerra que a mí me había tocado, había otra guerra más soterrada y anónima en la que ellas eran abusadas y violadas, en la que perdían el hogar, los hermanos, los maridos, los hijos, y en la que la vida se les convertía en miedo, traumas, soledad y desamor. Nunca había pensado que lo que les hacíamos causara tanto mal, dije una noche que mis viejos y yo nos pusimos a tomar tinto y a fumar en la terraza de casa. El problema de esta vida es que uno solo ve las consecuencias del daño que comete cuando ya no hay vuelta atrás, dijo mi vieja. ¿Me perdonas?, le preguntó mi papá a mi vieja. Tú no necesitas que te perdone, ya lo hizo la vida; míranos aquí, reunidos, cuidando a estas mujeres, dijo ella. Me duele ver cómo estás, eras una mujer muy bella, dijo mi viejo. ¿Ahora no lo soy?, preguntó mi mamá. No quería decir eso, se excusó él. Tenemos mucho que hacer para gastar las energías en culpas, dijo ella. Sí, dediquémoslas a esta fundación y listo, intervine. El lote es grande, pero solo he podido construir una parte, mi sueño es hacer un par de pisos más y poder atender a más gente, dijo mi mamá. Yo sé construcción, dijo mi viejo. Yo podría ayudar, añadí. Pero faltan los materiales, dijo mi vieja. Todavía tengo una caleta que nunca entregué, hay poco dinero, pero nos serviría para empezar, dije. Eso es plata sucia, dijo mi mamá. Le pedimos al Divino Niño que nos la bendiga, dije. No voy a meter al Divino Niño en esas porquerías. Entonces a las monjas que nos criaron al muchacho. Eso me suena más, dijo mi vieja. Empezaba a hacer un viento frío y mi papá y yo sonreímos y nos acercamos a la vieja para abrigarnos con la cobija que ella tenía sobre las piernas. ¿Te has fijado en que te han empezado a salir canas?, preguntó mi mamá. No quería mencionarlo, pero sí, cada vez que me peino me veo más. Mientras no te pongas calvo como yo..., dijo mi viejo y mi mamá sonrió. Nos quedamos un rato abrazados, en silencio, oyendo cómo el barrio se iba apagando, y yo estaba a punto de decir que por fin había una noche sin novedades cuando una de las internas empezó a gritar y a lamentarse y los quejidos eran tan desgarradores que, más que alerta, mi papá y yo quedamos en shock. Fuimos tan inútiles que fue mi vieja la que la consoló y le dio unos calmantes. Era Nelly, una mujer a la que la guerra le mató el marido y dos hijos pequeños y tiene pesadillas, dijo mi vieja. Se oye muy desesperada, dije. Uy, sí, me asustó, dijo mi papá. Ya se acostumbrarán, estas mujeres necesitan gritar o no les sale tanto dolor que llevan adentro. Volvimos a acomodarnos y, cuando ya había pasado un buen rato y nos estábamos despidiendo para ir a dormir, mi mamá desbloqueó el teléfono y me dijo: mira. En la pantalla había un mail de Goyo y varias fotos de ella y Noemí. Tengo ganas de ir a verte, decía el mensaje. Parece que mis sospechas de que esa muchacha se había encariñado contigo son ciertas, dijo mi papá. Antes de contestarle, piensa bien si ya olvidaste a Leidi, dijo mi mamá. Pues ya no me hace tanta falta, dije. Si le vas a decir que venga, debes prometerme que le vas a decir la verdad. Tampoco, dijo mi papá. ¡Es lo mínimo que debe hacer!, exclamó mi mamá. Le diré la verdad, dije yo. Me parece bien, dijo mi mamá y sonrió y apretó la mano de mi papá. Los vi allí, juntos, y entendí que uno daba y daba vueltas en esta vida hasta aprender a disfrutar de esas cosas sencillas. Eso es el Divino Niño que quiere resarcirte, dijo mi mamá. O el padre Aroldo que me cuida desde el cielo, dije yo. Es el Divino Niño, dijo mi mamá.